红缨枪

陈磊 著

四川少年儿童出版社

人物介绍

铁蛋：

男，11岁，红崖村儿童团成员。胆大，倔强，爱憎分明。爹娘闯关东去了，跟爷爷一起生活。

海亮：

男，11岁，"海记"商行少东家，红崖村儿童团团长。机灵，爱动脑子，人称"小诸葛"。喝铁蛋娘的奶水长大，跟铁蛋比亲兄弟还亲。

秋阳姐：

女，25岁，鲁西县抗日救亡会成员。以前是县城学堂里的老师，后来奉命回乡组建党支部和儿童团。

燕青：

男，28岁，八路军独立团侦察队长。武艺超群。铁蛋一心想拜他为师，学习"岳家枪法"。

土娃：

男，12岁，红崖村儿童团成员。擅长木工活。"海记"商行马车夫老栓叔的儿子。

水妹：

女，10岁，红崖村儿童团成员。泼辣，能干。"杜家酒坊"老板哑巴婶的女儿。

海仲文：

男，36岁。知书达理，温文尔雅。红崖村海家大院的主人，"海记"商行的东家。海亮的爹。

铁大爷：

男，61岁。胆识过人，不善言辞。鲁西县远近闻名的铁匠。铁蛋的爷爷。

老栓叔：

男，40岁。为人忠厚，性格木讷。"海记"商行的马车夫。土娃的爹。

唐婶：

女，47岁。做事麻利，爱唠叨。秋阳姐的娘。

哑巴婶：

女，35岁。性格直率，脾气火爆。"杜家酒坊"的传人。水妹的娘。

土娃娘：

女，34岁。烧得一手好菜。老栓叔的媳妇。

沈清明：

男，27岁，身材瘦弱，性格孤僻。红崖村学堂唯一的老师，后在八路军独立团担任文化教员。秋阳姐的哥哥。

目 录

引 言 /001

第一章 沈清明借走红缨枪 /003

第二章 红崖村成立儿童团 /029

第三章 山洞里藏着大秘密 /049

第四章 铁大爷接受新任务 /069

第五章 秋阳姐率众打枪头 /087

第六章 蛮铁蛋险些闯大祸 /107

第七章 海仲文惊现红崖村 /123

第八章 燕大哥摇身变车夫 /141

第九章 「小诸葛」计送铁枪头 /161

第十章 勇少年智闯日据点 /179

第十一章 红缨枪伏击显神威 /201

后记 /221

红缨枪

如果你家的园子又大又美,土里埋的、地里长的、树上结的全都是宝贝,却被一帮强盗惦记上了,某天夜里他们仗着手中的家伙厉害突然闯进你家,杀人放火抢东西,还霸占着你家不走了,摇身一变成了主人,把你和家人当成奴隶一样来摧残,你会怎么做?

毫无疑问,答案只有一个:那就是你和家人团结一心,无惧生死,拿起刀枪跟他们干!说啥也要把这帮强盗赶走!

这不是假设。真实的事情就发生在90多年前。

1931年9月18日,一群日本强盗蓄意挑起事端,霸占了我国东三省。到1937年7月7日,更多的日本强盗闯了进来,试图霸占整个中国。抗日战争全面爆发!其中一部分强盗沿津浦铁路南下侵犯山东。中共山东省委积极响应党中央的号召,召开紧急会议,决定发展山东抗日民众团体,组织抗日游击武装。不久,八路军山东纵队在沂水成立。

与此同时,山东各地党的基层组织、民间抗日武装、抗日救援会和抗日儿童团等也如雨后春笋般涌现。

我们接下来要讲述的故事就发生在这个特殊时期,发生在山东西部(鲁西)一个名叫红崖村的地方,发生在一群了不起的孩子身上……

第一章
沈清明借走红缨枪

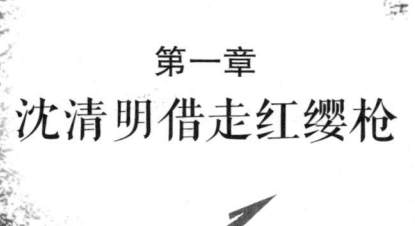

红缨枪

铁蛋又一次被隔壁叮叮当当打铁的锤击声敲醒了。

铁蛋睡觉的房间跟铁匠铺只一墙之隔。墙壁是用崖底的红泥夯成的,足足有一尺多厚。墙没垒到顶,檩条上空了一大块,既是为了节约红泥,也是怕垒高了容易垮塌,隔音效果自然好不到哪里去。可这并不妨碍铁蛋睡觉,他这个年纪的孩子,只要困意来了,脑袋一挨枕头,就跟他爷爷喝了哑巴婶酿的两斤高粱烧酒似的,几十个炸雷都震不醒。

铁蛋的爷爷是鲁西最有名的铁匠,铁蛋爷爷的爷爷也是铁匠,铁家祖祖辈辈靠打铁为生。据说老铁家有独门绝技,他家锻打出来的镰刀不易生锈,且锋利无比,用他家打制的铁锅焖出来的高粱米饭也更香。每当收割季节到来前,十里八乡的村民会大老远跑来买老铁家的农具,图的就是经久耐用。

从一生下来就睡在铁匠铺隔壁的铁蛋,对爷爷打铁的声音早就习以为常了。他今天之所以早早醒来,是因为被昨晚听到的一个消息搞得很烦躁,夜里醒来好几次,在炕上翻来覆去睡不踏实。他决定早上起来马上去找沈老师,

从一生下来就睡在铁匠铺隔壁的铁蛋，对爷爷打铁的声音早就习以为常了。他今天之所以早早醒来，是因为被昨晚听到的一个消息搞得很烦躁，夜里醒来好几次，在炕上翻来覆去睡不踏实。他决定早上起来马上去找沈老师，当面向他问清楚。

第一章
沈清明借走红缨枪

当面向他问清楚。

沈老师叫沈清明,是红崖村学堂里唯一的老师,负责教村里二十多个大大小小的孩子读书识字。沈老师以前在县政府里有份公职,还在城里谈了个对象。两人快要成亲了,女方家里突然反悔,执意要拆散他们。沈老师跟对象私下里商量好逃婚,没想到他们的逃婚计划提前暴露,沈老师的对象被家里人捆绑着嫁给了保安大队姓崔的大队长。一对有情人生生被拆散了。沈老师伤心欲绝,一气之下便辞职还乡,当起了教书先生。

除了上课,沈老师几乎很少跟人搭话。他总是身穿长衫布鞋,胳肢窝里夹着书本,低着脑袋穿村而过。红崖村的村民对识文断字的人非常尊重,见到沈老师都会主动让道,侧身站定,热情地跟他打招呼。沈老师总像没听见似的,推一下架在鼻梁上的黑框眼镜,继续低着头急匆匆朝前走。久而久之,大家都习惯了沈老师的"冷漠",依旧热情地跟他打招呼,从不期待他的回应。

就这么个怪人,居然要跟着村里一帮人去参加抗日游击队,昨晚水妹告诉铁蛋的时候,铁蛋打死都不信!沈老师人

很瘦,力气又小,连山路都走不稳,他怎么可能去参加游击队?更重要的是,红崖村历来有习武的旧俗,村里的青壮年男子都会耍刀弄枪,比画几下,只有沈老师是个例外。他甚至连红缨枪都没摸过。所以铁蛋无论如何也不相信沈老师会去参加游击队。

铁蛋跳下床,抓起放在炕头的褂子往肩上一搭,就去隔壁铁匠铺找自己的红缨枪。

铁匠铺里炉火通明,蓝色火舌跳闪着,将一根粗粗的铁棒烧得通红。铁大爷光着膀子,左手用卡钳夹住一截烧红的生铁放在铁砧上,右手抡起铁锤奋力敲打,敲击声响亮而清脆。铁大爷双眼如炬,聚精会神,脸颊、脖子、胸口和胳膊布满细密的汗珠。不时有一颗豆粒大的汗珠滴落在烧红的生铁上,发出滋滋的声响。

铁蛋在铁匠铺里胡乱翻找了一阵儿,怎么也没寻见自己的红缨枪,便问道:"爷爷,俺的红缨枪呢?"

铁大爷没有抬头:"被借走了。"

铁蛋一愣:"谁借走了?俺咋不知道?"

铁大爷依旧很用力地敲打着:"沈老师。"

第一章
沈清明借走红缨枪

铁蛋心里顿时隐隐有种不详的预感:"沈老师借俺的红缨枪干啥?他又不会使。"

"谁生来就会?"

"借俺的东西,为啥不经过俺同意?"

铁大爷将锻打出形状的生铁块儿浸到冷水中淬火,水桶里立刻滋溜一声腾起股烟雾。直到这时,铁大爷才腾出空儿来瞅了瞅铁蛋:"昨晚沈老师来借的时候,你已经睡下了。"

铁蛋明白,红缨枪已经被沈老师拿走了,再跟爷爷说啥都白搭,唯一的办法就是赶紧去找到沈老师,把红缨枪讨回来。想到这儿,铁蛋一扭头跑出铁匠铺。

破晓时分,薄薄的晨雾还没退去,远处的山峦隐去了轮廓。四周很寂静,偶尔从或远或近的地方传来几声公鸡的啼叫。铁蛋家在红崖村,这里地处鲁西平原的最东边,县境内除了跟鲁中地区交界处有两座海拔不高的牙山和茅山,其余地方都平坦得一望无际。沈老师说,鲁西平原是黄河长时间冲积形成的,牙山和茅山是泰山山系最后的余脉,就像泰山在平地边儿打出的"省略号"中最后的两点。

别看沈老师整日里像只闷葫芦,一天跟人说不上三句闲

话，但他讲课那可叫一个顶呱呱，再难懂的东西经他嘴说出来，连傻瓜都能听明白。村里人私下里经常议论，说沈老师要是不回村当先生，以他的才学，兴许将来某天当上县长也保不齐！

铁蛋一口气跑到沈老师家，院门敞着，但沈老师住的那间屋子却有"铁将军"把门。铁蛋仰头看了看天色，估摸沈老师已经去学堂了，因为每天沈老师总是第一个到学堂。于是铁蛋又不歇气地从村东头跑到村西头，累得气喘吁吁。可是，学堂里也没有沈老师的身影。

学堂设在一座小院里，四周的围墙已部分坍塌，露出几处豁口，像掉了牙的老太太的嘴。院门早就被人拆走了，可以随意进出。院子里有三间并排的瓦房，有两间锁着门，只有一间用来当教室。这里以前是村里大户海家的油坊，海老爷去世后，他儿子从日本留学回来，在县城里开了商行，这处油坊就废弃了。几年前沈老师回来想办学堂，一时找不到合适的地方，就向海家借了这间油坊。那锁着的两间屋子，里面到现在还堆放着一套榨油的物件。

没找到沈老师，铁蛋心里更加不安，他正打算去酒坊找

学堂设在一座小院里,四周的围墙已部分坍塌,露出几处豁口,像掉了牙的老太太的嘴。院门早就被人拆走了,可以随意进出。

第一章
沈清明借走红缨枪

水妹,就听见有两个孩子的声音由远而近。铁蛋心念一动,赶紧躲进院子藏了起来。

没一会儿,两个跟铁蛋年纪相仿的孩子也跑进院子。铁蛋等他们进入教室,突然从背后冲上去,大叫一声:"鬼来啦——"

两个孩子中的男孩立刻吓得缩起身子,另一个女孩虽然也吓了一跳,但很迅速地掉头瞪了铁蛋一眼,厉声道:"都啥时候了你还有心打闹?你是不是巴不得沈老师走,这样就可以不用念书了?反正你也讨厌上学!"

铁蛋有点发懵:"水妹,你是说沈老师已经走了?"

"昨儿半夜就走了,你不知道?"

铁蛋一下子傻了。如果水妹说的是真的,自己的红缨枪肯定一时半会儿讨不回来了。

刚才被吓住的那个男孩突然用手一指:"快看!沈老师在黑板上写了字!"

铁蛋和水妹急忙转头看黑板。熹微的晨光中,黑板上的两行刻意把笔画加粗的字很显眼,那是孩子们都熟悉的沈老师的笔迹。黑板上赫然写着十个大字:宁做战死鬼,不当亡

国奴!

铁蛋念书不用心,这十个字他认不全,便问水妹:"这句话啥意思?"

水妹撇了撇嘴:"连这些字都不会认,还好意思说自己念过几年书。"

"我以后好好念书行了吧?"铁蛋有点不好意思,"你快点告诉我。"

"土娃,你念给他听。"水妹对跟她一起来的男孩说。

土娃把黑板上的十个字念了一遍。铁蛋眨巴着眼睛,还是似懂非懂。水妹给他解释说,沈老师的意思是,宁可跟鬼子打仗死了,也不愿活着当亡国奴。

"亡国奴是什么?"铁蛋问。

土娃说:"我也不懂,你可以去问海亮少爷。"

"海亮在城里上学,难不成为了问一句话,我还要去县城里找他?"铁蛋大声质问。

土娃也提高了声音:"海亮少爷昨晚就回来啦。"

"骗人!才不信呢!"

"骗你是小狗。"土娃申辩道,"不光海亮少爷,秋阳

第一章
沈清明借走红缨枪

姐也回来了。"

铁蛋又吃了一惊:"昨晚我跟你和水妹一块儿玩的时候,你咋不说?"

"那会儿我也不知道嘛!"土娃解释说,"都半夜了我娘把我叫醒,我才发现我爹回来了。我爹说,东家吩咐他送海亮少爷回村,秋阳姐也搭他的车一道回来了。"

土娃的爹老栓叔是海家的车夫,海老爷去世后,他就跟着海亮爹去了县城,每天负责接送海亮上学,也送海亮爹出门谈生意,闲的时候还要帮商行送些货。铁蛋想不明白,现在又没到放假时间,在县城里当老师的秋阳姐和在县城里上学的海亮咋突然就跑回来了?

土娃告诉铁蛋,他爹说县城被日本鬼子占了,他们抓人杀人,闹得人心惶惶、鸡犬不宁。老师和学生跑了不少,学堂暂时关门了。海亮爹这才决定把宝贝儿子送回老家来避避风头。

听土娃这么一说,铁蛋更是一刻也等不及了,他必须马上去找海亮,他心里有太多没想明白的事,或许只有海亮这个"小诸葛"才能帮他解答清楚。

红缨枪

海家大院是红崖村里最阔气的宅子。青砖亮瓦,檐角高耸。院门前是一片平整的空地,铺着青石条板。石阶旁顺着围墙根儿还立着一排拴马石。听村里老人说,海家门口的拴马石最多时有十二尊。海老爷去世后,海亮爹把儿子接去了县城,只在逢年过节或清明祭扫时才回来短住几天。海家大院变得很冷清,门前的拴马石也被人偷回家砌猪圈了,现在只剩两尊。

铁蛋跟水妹、土娃跑到海家大院门口时,看见院门紧闭,但没有上锁。铁蛋用手去推,发现大门从里面插了门闩。水妹刚想张嘴喊,铁蛋突然伸手捂住了她的嘴巴,然后将食指竖在嘴唇上嘘了一下,示意水妹先别出声。

水妹不解地望着铁蛋,不知他又要搞什么恶作剧。铁蛋顺着墙根儿绕到东面,攀着一棵粗壮的榆树爬上去骑坐在围墙上。这里离海亮住的东厢房最近。透过树叶间的缝隙,铁蛋看见海亮穿着城里的学生装,背着手,手里还攥着一本卷起来的书。他正在花园里围着一套石头桌凳转圈,嘴里高声地背诵着。

海家大院是红崖村里最阔气的宅子。青砖亮瓦，檐角高耸。院门前是一片平整的空地，铺着青石条板。石阶旁顺着围墙根儿还立着一排拴马石。

第一章
沈清明借走红缨枪

湛湛长空,乱云飞度,吹尽繁红无数。

正当年,紫金空铸,万里黄沙无觅处。

沉江望极,狂涛乍起,惊飞一滩鸥鹭。

鲜衣怒马少年时,能堪那金贼南渡?

铁蛋突然抠了一块土坷垃扔过去:"海亮,你真不够意思!回村了也不来找我!"

海亮站了下来,抬头望着铁蛋,皱起眉头:"你就不能等我背完吗?"

"不能!反正我也听不懂!"

铁蛋身形灵动地从墙头跳进院子。落地的时候没站稳,脚脖子崴了一下,疼得他哎哟一声,坐到地上。

海亮走过来,有点生气又有点无奈地看着铁蛋:"铁蛋,给你讲过很多次,翻墙进别人家院子很没礼貌!忘了你答应过我多少次,以后再也不翻墙了?"

铁蛋狡辩道:"谁让你把院门插上了,我进不来嘛。"

"我家的院门,我为啥不能插上?门插上了你就不知道敲门?"

铁蛋走过去把手搭在海亮肩上:"你也答应过我,一回

村就来找我。你也忘了对不对?"

"昨晚我到家都快半夜了,我总不能那个时候跑去找你吧?"

"那……那你今天一起床就该来找我呀!"

"现在是我的晨诵时间。再说,我连早饭都没吃呢!"

"我说不过你!你总有理儿。"铁蛋说,"我先去把院门打开,放水妹和土娃进来。我们还有好多话要问你呢。"

铁蛋跑去打开院门,领着水妹和土娃穿过侧廊,来到东厢房前的小花园。见到海亮,水妹格外开心,她抓住海亮的胳膊高兴得直蹦。或许是听到了几个孩子叽叽喳喳的声音,正在做早饭的唐婶从厨房出来,远远地朝东厢房的方向瞥了一眼,又折身返了回去。

海亮在石凳上坐下,仰头看着铁蛋:"你们想问什么?"

铁蛋在海亮对面坐定,问道:"你在县城里见到鬼子了吗?"

海亮点点头。

"鬼子长啥样?"

"跟你一样。"

第一章
沈清明借走红缨枪

铁蛋急了:"呸!你才长得像鬼子呢!"

缺了颗门牙的土娃咧嘴笑着说:"鬼子长的是鬼样。"

海亮解释道:"我的意思是,鬼子跟咱一样,也是两只眼睛一个鼻子,没啥稀奇的。"

铁蛋又问:"村里好多人昨晚都走了,沈老师也走了,你知道吗?"

"听唐婶儿说了。"

"沈老师走之前,在黑板上写了几个字,对了,是什么来着?"铁蛋扭头去看水妹。

土娃抢着回答:"宁做战死鬼,不当亡国奴。"

"对对对,就是这句话。"铁蛋忙问,"亡国奴是啥意思?"

海亮想了一下,答道:"日本人把我们这里占领了,如果不把他们赶走,他们就会觉得自己是主人,反过来把我们当奴才一样使唤,那样我们就成了亡国奴。"

"休想!"铁蛋大声说,"我们自家的地儿,凭啥要让鬼子霸占?还把我们当奴才?"

水妹说:"所以村里好多人都去参加抗日游击队了,就

是要把鬼子赶走。"

"我也好想去参加游击队。"铁蛋说。

土娃说:"我们还小,去了人家也不要。"

铁蛋很不服气:"沈老师连红缨枪都不会使,他都可以参加游击队,我使红缨枪可比他厉害多了,为啥不要我?"

海亮说:"游击队里可以做的事情多着呢,不一定人人都必须会使红缨枪。"

铁蛋眼珠子滴溜溜一转:"海亮,把你的红缨枪送给我吧。"

"为啥?"

"因为是我爷爷给你打的枪头呀!"

海亮没好气地说:"村里各家各户的铁锅、农具都是铁大爷打的,难不成你也要让大家把这些东西全都送给你吗?"

"那、那你借给我总成吧?"

"不成!"

铁蛋急了:"你别忘了,枪头还是我送给你的呢!"

"枪杆是我给海亮少爷装的。"土娃插了一句。

"送给我就是我的了,借不借我说了算!"

第一章
沈清明借走红缨枪

铁蛋一时语塞,不知该如何说服海亮。

海亮挑了下眉毛,看了三个小伙伴一眼,故作神秘地说:"你们知道秋阳姐这次回村来干什么吗?"

铁蛋忙问:"不知道,你快说呀!"

"回村的路上我假装睡着了,我听秋阳姐告诉老栓叔,她这次回来要在村里组建儿童团。"

土娃问:"啥叫儿童团?"

"我也不知道,"海亮如实回答,"顾名思义,我觉得就是把村里的儿童组织起来,等需要的时候,我们就可以配合游击队行动了。"

铁蛋不明白"顾名思义"的意思,但听说要配合游击队行动,他就再也坐不住了,噌地站起来,拔腿想跑。

"你又要去干啥?"水妹眼疾手快,一把拽住了铁蛋。

海亮把嘴一撇:"他还能干啥?肯定是去找秋阳姐呗!"

铁蛋有点懵:"你、你咋知道?"

"你忘了我们以前咋说的了?你一撅腚,海亮少爷就知道你要拉啥屎!"土娃豁着牙笑道。

铁蛋眨巴几下眼睛:"你们要这么说,我偏就不去了。"

海亮胸有成竹地说:"你放心,今明两天内,秋阳姐一准儿会把我们叫到晒谷场。等到那个时候你再慢慢问也不迟。"

铁蛋觉得海亮说得有道理,便重新坐下了。"对了,海亮,你刚才是在念诗吗?"铁蛋问。

"准确地讲,是词。"

土娃问:"诗跟词有区别吗?"

"当然有!"

铁蛋一摆手:"甭管诗还是词,你就告诉我,你念的那几句话是啥意思?"

水妹说:"我跟土娃把耳朵贴在院门上没太听清,我们也想知道。"

"我念的是一首宋词,作者是谁不知道,但这首词写的是岳云。"海亮回答,"岳云你们总该知道嘛!"

"岳云是谁?"铁蛋问。

水妹说:"这我知道,岳云是岳飞的儿子。"

铁蛋急忙申辩:"我知道岳飞。俺爷爷说,岳飞的祖上就住在我们这儿附近。我们打小习练的红缨枪法,其实就是

第一章
沈清明借走红缨枪

岳家枪法。"

海亮站起来，像沈老师那样背着手在小花园里转了两圈，然后站定，扭过头来，表情凝重："岳云很小的时候，金兵南侵，攻下了北宋的都城汴京，把皇帝也抓走了。岳云十二岁就从军抗金，比我才大一岁。现在日本人也打到我们这里了，所以我就想到了岳云。"

水妹似乎一下就明白了："只要我们参加儿童团，就可以帮助游击队把鬼子打跑，对吧？"

"是的，我们虽然没有岳云那样的本事，但至少可以帮秋阳姐做些力所能及的事情。"海亮说。

铁蛋又一次站了起来："不行，我必须现在就去找秋阳姐。"

"秋阳一大早就出门了。"一个略带沙哑的嗓音从身后传来。

四个孩子扭头去看，见唐婶端着托盘走了过来。托盘里放着煎饼、大豆酱、粥和鸡蛋。不用说，这是她给海亮备的早餐。土娃直勾勾地盯着托盘里的早餐，偷偷咽了下口水。对于红崖村的孩子来说，这样的早餐太奢侈了。大清早啥活

儿没干,起床就啃白面煎饼,他们连想都不敢想,更别说香喷喷的大米粥了。村里大多数人家辛苦一年,留下那点玉米高粱必须搭配着荠菜、白蒿、槐花和榆钱等野菜,才能勉强撑到秋收时节。家里鸡下的蛋也绝对不会吃,得拿到集市上去卖或换些日用品。

海亮想着赶紧把唐婶打发走,便抓起煎饼咬了一口,突然他好像意识到了什么,放下煎饼,双手接过托盘放到石桌上,然后对小伙伴说:"我一点也不饿,你们帮我个忙,都吃了,千万别剩下,不然婶儿又该唠叨个没完了!"

铁蛋也不客气,拿起煎饼揪下一大块儿递给土娃,把剩下的往自己嘴里填。海亮急忙把鸡蛋塞给水妹。唐婶见状也不说啥,只是嘱咐海亮趁热把粥喝了,空着肚子可不成。

唐婶是秋阳姐的娘。村里老人都说,唐婶年轻时是村里的一枝花,模样俊俏不说,还剪得一手漂亮的窗花,她剪出来的花鸟鱼虫、飞禽走兽全都活灵活现的,谁看了都夸。后来她嫁给了在县衙里谋差事的沈老先生,也就是沈清明老师和秋阳姐的爹。再后来,沈老先生因为不愿跟衙门里的人同流合污,被人生生打折了一条腿,就回村给海家当了账房先

第一章
沈清明借走红缨枪

生。海老爷去世后不久,沈老先生也染上肺痨吐血死了。海亮去县城念书后,海家请唐婶帮忙照看宅院。唐婶平时就住在这里,帮忙打理花草鱼池啥的。秋收后佃户们来交粮食,也是唐婶帮海家称重记账后,再让老栓叔拉去县城的仓库。

海亮忙问:"婶儿,秋阳姐去哪儿了?"

"我也不清楚。昨儿半夜送你回来,跟我唠了几句又走了。走的时候还让我告诉你,午后把村里的孩子都叫去晒谷场,她有话跟你们说。"

海亮一下子站了起来:"你们都记好了啊!来的时候别忘了带上红缨枪。"

水妹和土娃点点头。铁蛋愣了一会儿,突然掉头跑走了。

第二章
红崖村成立儿童团

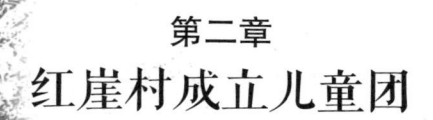

红缨枪

上午的工夫,铁蛋找遍了村里的孩子也没能借到红缨枪。村里除了铁蛋跟海亮,其他孩子的红缨枪都是用木头做的枪头。换作以前,铁蛋压根儿瞧不上这种木质枪头!可今儿个情况特殊,马上要成立儿童团,没红缨枪可不成,哪怕是木质枪头的也行啊!铁蛋好话说了一箩筐,口干舌燥的,也没谁肯把红缨枪借给他。因为马上要成立儿童团的消息,早就像长了翅膀一样传遍了村子。

吃过午饭,憋着一肚子气的铁蛋来到晒谷场。秋阳姐已经坐在碾台上了。围在她身边的,还有村里二十来个年纪大小不等的孩子。小的七八岁,大的十三四岁。

铁蛋发现秋阳姐模样变了,她以前总是扎两条又粗又黑的长辫子,常年穿月白色的旗袍、短袜和圆口布鞋。即便后来在县城学堂当了老师,依旧是一副学生模样。现在她剪了短发,旗袍也换成了碎花短衫,腰间还扎着根皮带。她脸上原本白净的皮肤也晒黑了不少。人显得非常干练,就连眼神好像也变得凌厉了起来。

秋阳姐看着耷拉着脑袋的铁蛋,笑着说:"我以为铁蛋会最先到,没想到他来得最晚。晚就晚了,咋还一脸的不高

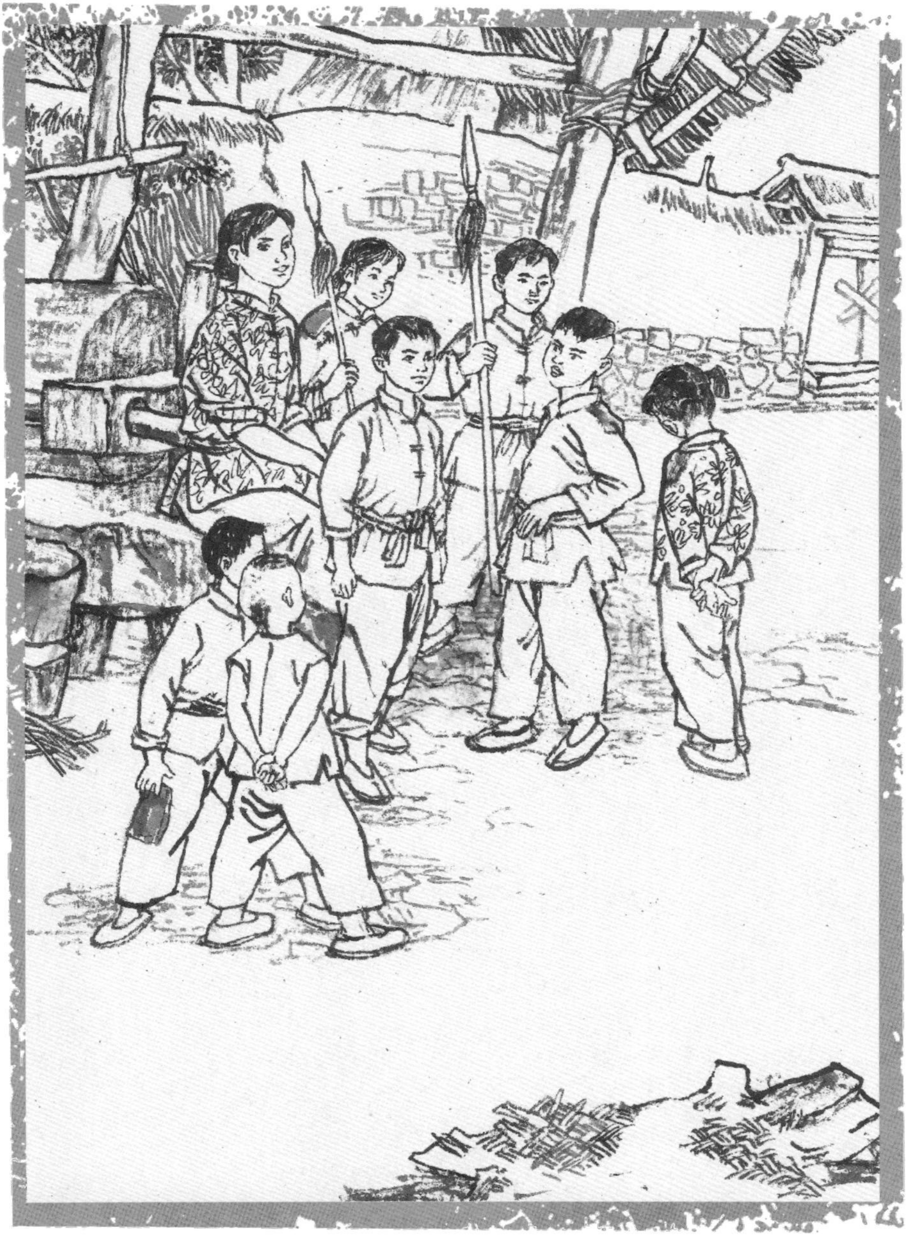

吃过午饭,憋着一肚子气的铁蛋来到晒谷场。秋阳姐已经坐在碾台上了。围在她身边的,还有村里二十来个年纪大小不等的孩子。

第二章
红崖村成立儿童团

兴呢？"

土娃说:"因为铁蛋没有借到红缨枪,所以不开心。"

铁蛋气呼呼地说:"都怪沈老师,他没经过我允许就把我的红缨枪拿走了!"

"肯定是你爷爷答应了,沈老师才借走的。"水妹说。

铁蛋一听更来气:"是我的红缨枪,俺爷爷答应也不作数!"

海亮轻轻皱了一下眉头:"铁大爷是我们这儿方圆百里最有名的铁匠,我的红缨枪头都是他给打的,你再让你爷爷给你打一支枪头不就行了吗?"

"俺爷爷说,马上就到麦收的时候了,打农具的铁都不够用,哪还有多余的铁打枪头!你告诉我,用啥打?用啥打?"铁蛋吼叫着。

秋阳姐向铁蛋招招手。铁蛋犹豫了一下,还是顺从地来到秋阳姐跟前。秋阳姐让铁蛋坐在身边,说道:"既然是借的,肯定迟早要还你。再说了,就算没有红缨枪,也一样可以加入儿童团。"

铁蛋歪着脑袋问:"秋阳姐,啥叫儿童团?"

"抗日儿童团是孩子们自己的组织。大家都知道，日本鬼子占领了我国一大片土地，包括我们县城。他们到处抢粮食、烧村子、杀害我们的亲人。只有把日本鬼子统统赶出中国，我们才能过上安宁的日子。可要赶走鬼子不是件容易的事，必须把所有人都动员起来，把大家伙儿的力量拧成一股绳，你们小孩子也不例外。"

水妹小声问道："可是……我们的力气这么小，能做什么呀？"

秋阳姐掰着指头说："站岗放哨，写标语，发传单，帮忙运送粮食和转移乡亲，帮忙照顾伤员……总之，你们能做的事情多着呢！"

铁蛋听得很认真。秋阳姐抚摩着他的脑袋问："就算没有红缨枪，我说的这些事你是不是也能干？"

铁蛋点点头："我要参加儿童团！"

孩子们都异口同声地说："我们都要参加儿童团！"

秋阳姐说："既然大家都自愿参加儿童团，那我们红崖村的儿童团今天就正式成立了。我们现在要做的第一件事，就是选出一个人来当团长。"

第二章
红崖村成立儿童团

"我想当团长！"铁蛋把小胸脯一挺。

水妹手一举："我选海亮当团长。"

"我同意！"土娃马上跟了一句。

铁蛋大声说："海亮在县城念书，他又不住在村里，他不能当团长。"

海亮盯着铁蛋反问道："如果我不回县城念书了，以后一直住在村里，你是不是就同意我当团长？"

被海亮这么一问，铁蛋突然意识到自己反对的理由不充分。老栓叔说，鬼子占领了县城，学堂也停课了，万一海亮真就留下不走了，那他就有资格当团长。铁蛋脑子里疾速飞转，猛地想到一个自以为最好的理由："海亮使红缨枪还是我教他的，我红缨枪使得最好，我才应该当团长！"

听铁蛋这么一说，有几个孩子也连连点头，说当团长的人就该是使红缨枪最厉害的。可水妹跟另外几个孩子却不同意，他们觉得海亮最聪明，知道的东西多，海亮才最有资格当团长。因为意见不统一，二十来个孩子叽叽喳喳吵作一团。

秋阳姐刚要开口，铁蛋一下子冲过去，抢过土娃手里的

红缨枪，斜横着贴在胸口，两只眼睛直勾勾盯着海亮："你敢不敢跟我比试红缨枪？"

"比就比！谁怕你呀！"海亮从碾盘上蹦了下来。

铁蛋和海亮端起红缨枪对峙起来。

秋阳姐发话了："村里老规矩，比武强身，点到为止。不能伤到对方，也不能以比武胜负来决定谁当团长。"

"秋阳姐，你偏心眼儿！"铁蛋嚷道。

海亮大声质问："你比不比？"

铁蛋二话不说，端着红缨枪就朝海亮冲了过去，海亮灵巧地躲开了。几个回合下来，铁蛋明显占据了上风。铁蛋使红缨枪的本事是爷爷教的。铁大爷除了有祖传的打铁技艺，还使得一手漂亮的红缨枪。听村里的老人说，当年铁大爷用祖传的独门绝技，帮岳家村的人打造出坚硬无比的枪头，助他们赶走了到村里抢东西的土匪。出于感激，岳家村人把岳家枪三十六个招式中的十二个招式传给了铁大爷。铁蛋得到了爷爷的真传，海亮自然不是他的对手。

铁蛋想让海亮当众出丑，故意用红缨枪将海亮绊倒。海亮白净的脸蛋儿蹭破了皮，渗出几条细细的血痕。

第二章
红崖村成立儿童团

水妹急忙上前把海亮扶起,恼怒地瞪着铁蛋:"你就会使坏!"

"我没有。"

"明明海亮少爷快站不稳了,你还故意用红缨枪绊倒他。我们都瞅见了。"土娃说。

铁蛋自觉有些理亏,但嘴上却不肯承认:"怪他自己下盘不稳。"

水妹见铁蛋不认错,心里更加来气:"欺负海亮算啥本事?有种你去打鬼子呀!"

"打就打!你以为我不敢哪!"铁蛋嘴硬着呢!

秋阳姐说:"好了,比武结束。下面我们开始表决,同意海亮当儿童团长的请举手。"

水妹第一个把手高高举起。接着土娃和几个孩子跟着把手举起。另外几个孩子犹豫了一下,不敢去看铁蛋的眼睛,也慢慢将手举了起来。

铁蛋环视一圈,见所有人都赞成海亮当团长,气得他将手里的红缨枪掼在地上,掉头便跑。因为太过用力,木制的枪尖被磕断了。

"铁蛋,你把我的红缨枪摔坏了!你赔我红缨枪!"土娃对着铁蛋的背影喊道。

铁蛋就像没听见似的。

水妹大声问:"铁蛋,你不参加儿童团了吗?"

铁蛋依旧没回答,很快就跑没影儿了。

孩子们不知所措地望着秋阳姐。

"别担心,铁蛋一定会参加儿童团,我保证!"秋阳姐说,"我现在给大家讲讲,成立儿童团以后,我们应该做些什么。"

铁蛋从晒谷场跑走的时候,并没想过要去哪儿。等他气喘吁吁地停下来,才发现自己鬼使神差地跑到了沈清明老师家的院子门口。沈家院子不大,只有三间土屋。沈老先生去世后,秋阳姐在县城学堂教书,唐婶大多数时间住在海家大院,在沈家院子里常住的就只有沈清明老师。铁蛋明知道沈老师不在家,自己的两只脚却像长了眼睛,还是找到这里来了。

铁蛋一屁股坐到沈家院子门口的踏脚石上,心头越想越

第二章
红崖村成立儿童团

气。明明自己比海亮使红缨枪的本领高得多,胆子也比海亮大,为啥水妹他们偏偏要选海亮当团长?哼!都怪秋阳姐偏心。海亮是她在县城学堂里的学生,唐婶又在帮海亮看家,她肯定会护着海亮啊!

儿童团团长有啥了不起?不当就不当!我才不稀罕呢!我倒要看看将来谁更厉害!但转念一想,铁蛋又很后悔刚才的举动,觉得自己不该跑走,要是秋阳姐误以为自己不想参加儿童团,那可麻烦了!铁蛋寻思着,该怎么去跟秋阳姐说,虽然没当上团长自己不开心,但还是很想加入儿童团。

"铁蛋,你坐这里干甚?"

铁蛋抬头看见急匆匆走来的唐婶。铁蛋侧了下身子,唐婶径直走进院子,来到沈清明老师住的那间土屋前,见门上挂着铜锁,不禁生气地拽了两下:"这死娃!好端端锁门干啥?我还寻思瞅空过来帮他收拾下屋子,里面不知乱成啥样了!"

村里人从来没有锁门的习惯,因为鲁西民风淳朴,红崖村更是如此,没人偷东西,再者各家都不富裕,屋里没啥值钱东西,也不担心贼惦记。沈老师是有学问的人,他最多的东西就是书。乡下连能识几个字的人都没几个，更别说有人去偷书了。沈老师锁门不是怕丢东西，而是以前住在县城养成的习惯。

吃了"闭门羹"的唐婶只好转身离开。走了两步，她回头问铁蛋："咦？你们不是成立儿童团了吗？你咋没去？"

铁蛋含混应道："儿童团今天没活动。"

"那我刚才咋瞧着海亮少爷跟水妹、土娃拿着红缨枪往村口跑去了？"

铁蛋腾地站了起来："他们去干啥？"

"我只顺嘴问了一句，听得不真，说是村东林子里有枪声，他们要去侦什么察……"

不等唐婶说完，铁蛋已经甩开大步跑走了。

铁蛋刚跑出村口，就听见远处传来零星的枪声。枪声很脆，像炒黄豆时豆子炸裂的声音。上回鬼子来村里扫荡，铁蛋跟着乡亲们躲进林子里就听到过枪声。这种声音跟猎人用的火铳和猎枪射击时的声响区别很大，听过一次就不会忘。铁蛋停下步子，确定枪声的确是从东边山林中传出的，便朝着枪声传来的方向继续飞跑。

第二章
红崖村成立儿童团

等铁蛋跑进林子，枪声停歇了，他不知该往哪个方向去。正犹豫着，附近又连着响起几声枪响。铁蛋瞄准枪响的方向刚要拔足再跑，突然有人从背后拉了他一把。铁蛋回头一看，是海亮、水妹和土娃。

"你——"铁蛋刚要张口，就被海亮用手捂住了嘴巴。

还没回过神来，铁蛋就被海亮他们拽进草丛里。

"出啥事了？"铁蛋压低声音问。

海亮摇摇头。

"那我出去看看。"铁蛋说。

"嘘！别出声，有人来了！"海亮的神色很紧张。

四个孩子蹲下，扒开草丛往外瞅，果然看见一个庄稼人打扮的年轻人一路躲闪着跑过来，手里握着一支枪。海亮认识这种手枪，它叫驳壳枪，又称盒子炮，是德国毛瑟兵工厂生产的军用手枪。那个年轻人动作敏捷，却似乎并不急着逃跑。待后面追赶的人靠近了，他还故意随手开了一枪，然后闪身钻进林子。

很快，后面的追兵现身了。铁蛋在心里默默数了一下，总共六个人，都是穿着马屎黄伪军服装的二鬼子。他们小心翼翼地端着枪,很显然是被那个年轻人牵着鼻子在走。

待六个二鬼子钻进林子不见了,海亮突然说:"不好!前面是鹰见愁,没路了!"

鹰见愁是一处断头崖,崖壁陡峭,虽说只有二三十米宽,百十来米高,但普通人即便带着铁爪和绳索也很难通过,更别说还有六个荷枪实弹的二鬼子紧随其后。几个孩子当即意识到,那个握手枪的年轻人已身临险境。

水妹问:"被二鬼子追的那个人是游击队员吗?"

"不管是不是游击队员,肯定是我们的人。"海亮说。

铁蛋急了:"那人可真笨!明明可以跑进村子,随便往哪家一躲就能藏起来,干吗偏偏要往林子里钻!"

"他是不想给乡亲们惹麻烦。"海亮说,"也兴许他对这一带很熟,觉得自己有把握脱身。"

"那他干吗还往断头崖跑?"土娃问。

海亮分析说:"一看他身手就很了得,明明可以轻松摆脱追兵,可他好像并不急于逃走,我猜他是故意想引开二鬼子。"

铁蛋不解地问:"为啥?"

第二章
红崖村成立儿童团

"我也不知道。"

四个孩子沉默了一会儿,铁蛋突然问:"你们的红缨枪呢?"土娃说海亮让他们藏起来了。铁蛋让海亮把红缨枪给他,他要去帮那个被追赶的年轻人脱身。海亮问铁蛋打算怎么帮,铁蛋说自己还没想好。水妹不赞同,说铁蛋去了只会添乱。土娃很害怕,说二鬼子端着枪呢,自己可不敢去。

铁蛋说:"胆小鬼!你们不敢去,我一个人去!"

"想要帮忙不能蛮干,得动脑子知道吗?"海亮皱起眉头思考了一下,眼睛一亮,"我有主意了!"

海亮招招手,铁蛋、水妹和土娃把脑袋凑到一起。海亮给他们交代了几句,三个孩子连连点头。

再说刚才那几个二鬼子在林子里追着追着就失去了目标,不知该往哪个方向走。就在这时,不远处传来孩子的喊声:"站住——,不许跑——!"那群二鬼子一听,连忙转身循声追去。他们很快就发现林子里有三个孩子在追逐。三个孩子一边跑,一边高声叫喊着。

二鬼子悄悄摸上前,将三个孩子团团围住。

不用说,这三个孩子就是铁蛋、海亮和水妹。他们看见突然出现的二鬼子,脸上流露出惊恐的表情。水妹一下子躲到海亮身后,双手紧紧抓住海亮的肩膀,把脸贴在海亮后背上,不敢看那几个凶神恶煞的二鬼子。

领头的二鬼子打量着三个孩子:"你们刚在喊啥?"

海亮怯生生地回答:"啥、啥也没喊。"

"胡说!明明听见你们在喊站住、不许跑!"

"你听见还问?"铁蛋哼道。

另一个二鬼子在铁蛋屁股上踹了一脚,厉声呵斥:"臭小子,还敢顶嘴!信不信老子一枪崩了你?"

海亮忙说:"我们在喊野兔站住。"

"野兔?哪有野兔?"

"被我们撵进草丛里去了。"

领头的二鬼子问:"你们刚才有没有看见两个拿枪的人跑进林子?"

海亮摇摇头。

领头的二鬼子似乎不信海亮的话,他走到海亮跟前,一把将躲在海亮背后的水妹拽了出来,然后用枪抵着水妹的胸口:"你说,有没有人朝那边跑了?"

第二章
红崖村成立儿童团

水妹吓得不敢说话。

铁蛋走过去挡在水妹前面:"那边根本就没有路,傻瓜才会往那边跑呢!不信我带你们去看。"

几个二鬼子半信半疑地互相对视了一眼,仍不死心,逼着三个孩子带他们前去实地看看。铁蛋、海亮和水妹只好再带着这群二鬼子在林子中七弯八拐,最后来到了断头崖。海亮指着悬崖峭壁说,这地方叫鹰见愁,连身手最了得的猎人和采药人都下不去,谁跑到这里只有死路一条。

几个二鬼子在四周仔细察看了一番,然后战战兢兢地挪动步子站到悬崖边,探头朝下看,甚至还扔了一颗拉了弦儿的手榴弹下去,炸响之后崖壁下面没有任何动静。几个二鬼子不由得信了海亮的话,他们追赶的那个人没朝这个方向跑来。

人追丢了,回去免不了要被鬼子训斥打骂,几个二鬼子收起枪,悻悻而去。

铁蛋、海亮和水妹赶紧跑进林子,找到躲在草丛里的土娃。惶恐不安的土娃见到小伙伴后长舒了口气,拍拍胸口:"你们可算回来了。吓死我啦!"

铁蛋伸手摸了一下土娃的裤裆,笑着问:"这回没吓尿裤子吧?"

土娃将铁蛋的手推开,很生气。

"土娃就是胆子小点,别总拿他打趣。"水妹吸了口气,"我也吓死了,快回去吧,我以后再也不想上这儿来了!"

"唉,早知道要来这儿,我就把弹弓带上,运气好的话,兴许还真能打只野兔回去烤着吃。"铁蛋感到有些许遗憾。

海亮皱着眉头,似乎在想什么。

"海亮,你是不是也害怕了?"铁蛋问。

海亮没有回答这个问题,却反问道:"二鬼子追的那个人到底躲哪儿去了?"

水妹马上说:"对呀,我们明明看他跑去鹰见愁了,咋突然就没影儿了?"

"以他的身手,其实很容易脱身,他故意把二鬼子引到鹰见愁来,到底想干什么?"海亮自言自语。

"海亮少爷,我们想不出来。"土娃说。土娃爹老栓叔是海家的车夫,他每次见到海亮都喊少爷,也逼着土娃这么叫。

水妹说:"土娃,忘了秋阳姐咋说的了?你跟海亮都是

第二章
红崖村成立儿童团

儿童团员,以后不许再叫他少爷!"

"对不起,我叫顺嘴了。"土娃用手捂住嘴巴,不好意思地笑道。

铁蛋笑着打趣说:"海亮少爷,你是我们当中最聪明的那个,你替我们想吧。"

海亮没理会铁蛋,他给小伙伴分析说,从二鬼子刚才的问话里可以知道,他们追的是两个人,可我们只看见一个人,而且他故意把二鬼子引到这边来,他这样做的目的极有可能是为了掩护另外一个人。

"他为啥要掩护另外一个人?"水妹问。

"可能那个人很重要,也不排除那个人负伤了,有被抓到的危险。"

铁蛋一听就急了:"我们赶紧去找找吧,万一那个人真的受伤了,我就把他接到我家里去养病。"

"是养伤。"水妹纠正。

"不管养什么,我们赶紧去找吧。"铁蛋早已经心急火燎了。

海亮摇摇头:"林子这么大,我们不能瞎找。我们先找容易藏身的山洞。"

土娃把手一举:"我想起来了!有次我在山坡放羊的时候赶上下大雨,哑巴叔刚好从林子里挖药出来,他就把我带到一个被灌木丛挡住的山洞里避雨。里面还有人点过火的痕迹。"

海亮在土娃肩头拍了一下,果决地说:"马上带我们去找那个山洞。"

第三章
山洞里藏着大秘密

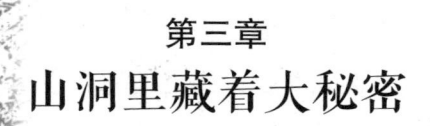

红缨枪

土娃说的哑巴叔是水妹她爹。水妹的姥爷姓杜,不光酿得一手好酒,而且酒量惊人。有人说,全村老少爷们儿合起来跟他拼酒,也赢不了他。只要几杯酒下肚,水妹的姥爷便会把一段所有人都听腻歪了的话,翻来覆去地讲。大致意思是明清时期山东运河沿岸粮棉种植业兴盛,鲁西地方经济发达,生意往来频繁。而他们杜家是"酒圣"杜康的后人,在明清两朝还给宫廷进贡过"御酒"。换句话说就是他们家的酒连皇帝都喝过,所以杜家的酿酒生意很好,后来因为战乱导致家道中落,才辗转来到红崖村继续靠酿酒为生。

水妹的姥爷没有儿子,只有一个女儿,就是水妹娘,现在大都管她叫哑巴婶。水妹娘并不是哑巴,哑巴是水妹爹的外号。水妹爹姓阮,是附近一座道观里的道长早年捡到的流浪儿,他爹娘死于瘟疫,道长遇到水妹爹的时候,他也病得只剩一口气了。道长将他带回道观。病好后水妹爹就留在了道观,跟着道长上山挖药,去乡间行医,还救过水妹姥爷的命。后来到杜家当了上门女婿。因为水妹爹是个"闷葫芦",整天说不上三句话,所以大家都管他叫阮哑巴。村里

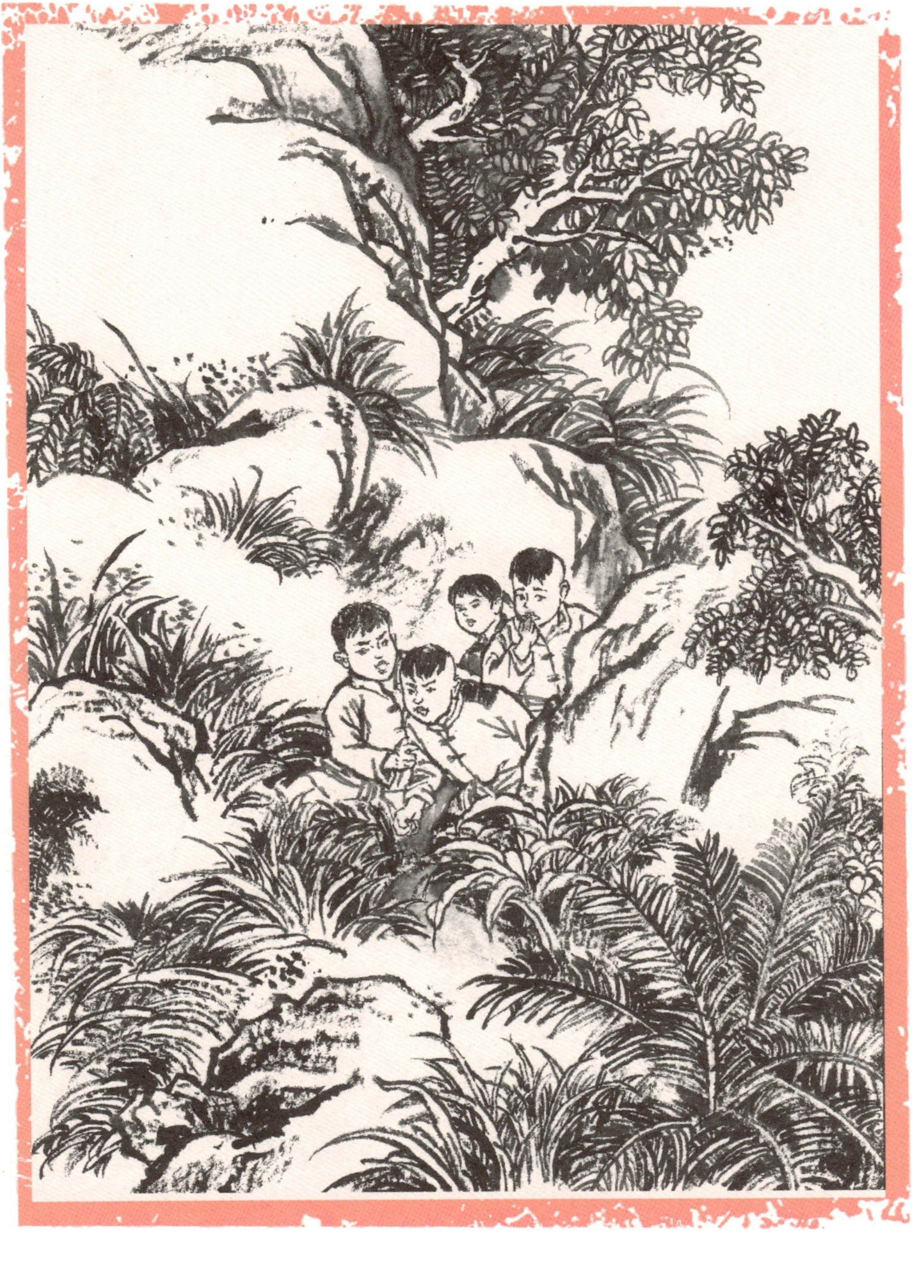

四个孩子在林子中转了几圈,土娃终于找到哑巴叔带他躲雨的山洞。因为洞口开在凹处,又被厚密蓬乱的草丛遮挡,如果不是事先知道,压根儿瞧不出这里有个隐秘山洞。

第三章
山洞里藏着大秘密

人打趣说，他们一家子的话都被哑巴婶一人给说光了。

水妹的姥爷临死前定了规矩：杜家酿酒的手艺不能传给外姓人，因为哑巴叔不肯让女儿归杜姓，所以他和女儿都没有资格学习杜家的酿酒技艺。哑巴叔对酿酒也没兴趣，除了偶尔给老婆搭个帮手，他更多时间喜欢进山挖药，像师父那样游走乡间行医。数月前，听说邻县有人拉起一支抗日队伍，哑巴叔成了村里第一个跑去参加的人。

四个孩子在林子中转了几圈，土娃终于找到哑巴叔带他躲雨的山洞。因为洞口开在凹处，又被厚密蓬乱的草丛遮挡，如果不是事先知道，压根儿瞧不出这里有个隐秘山洞。铁蛋刚想伸手去扒开洞口的杂草，就被海亮拦住了。海亮蹲下仔细查看后告诉小伙伴，草丛有倒伏，地上有新鲜脚印，洞里很可能藏着人，是敌是友不好说，所以——

不等海亮说完，铁蛋已经钻进了草丛。海亮抓了个空，又不敢高声喊，有点不知所措。就在这时，洞里传出铁蛋微弱的声音："放开我——"

水妹和土娃都望着海亮。海亮犹豫片刻，伸手去扒草丛。

"海亮，你也要进去吗？"水妹问。

海亮答道:"总不能丢下铁蛋不管吧?"

土娃结结巴巴地说:"万、万一里面是野、野猪咋办?"

海亮的心突突跳着,可也顾不了许多,胡乱扒开草丛,一猫腰钻进山洞。水妹紧跟在海亮后面。土娃想喊不敢喊,想走不敢走,急得在原地跺脚。过了好几分钟才拿定主意,一点点挪动步子走进洞口。

因为洞口很小,又被杂草覆盖,所以洞口射进来的光线很少。土娃摸进洞口后,适应了一会儿才隐约看到,山洞不深,顶多五六米,里面空间够大,成年人也完全可以直起身子。地上躺着一个人,铁蛋他们三个蹲在那人身边。

土娃小心翼翼地走过去问道:"你们把他打晕了?"

铁蛋急忙申辩:"不是我们打的。他从背后抱住我,我挣了几下他自己就晕倒了。"

"他是谁呀?是游击队的人吗?"土娃又问。

水妹没好气地说:"别问了!我们也啥都不知道。"

那人身上除了一支手枪和一把匕首,没别的东西。海亮告诉小伙伴,那人还活着,但后背挨了一枪,肯定伤得不轻。海亮让铁蛋和土娃留在洞里,他和水妹回家去拿一些东

第三章
山洞里藏着大秘密

西过来。土娃不愿留下，要跟海亮一块儿回村。

水妹说："海亮让我回去是要从家里偷药出来，你能做到吗？"

土娃噘起嘴："我就是不留下。"

"他就是个胆小鬼，让他回去吧。"铁蛋很不屑，"我一个人留在山洞里照样不害怕。"

海亮严肃起来："土娃，你既然加入了儿童团，你就得听我的。你要是不服从命令，就没资格参加儿童团！"

"这样吧，你要真的害怕就到山洞外面等着，铁蛋有事会叫你。"水妹说。

听海亮和水妹都这么说了，土娃没再吭声。海亮又交代几句后，跟水妹钻出山洞，一路小跑回到村子。海亮叮嘱水妹，要多带些止血解毒的药，再带点绷带之类的东西，如果能把一个煎药的瓦罐带出来就更好了，但最要紧的是别被哑巴婶发现。水妹很聪明，她做事海亮很放心。两人约好半个时辰后在村口碰头。

海亮回家找了一个很大的布袋子，因为要带的东西太多。洋火、煤油灯、碗筷、水罐、毛巾和一些能吃的东西，足足装了满满一袋子。为了不被唐婶发现,海亮从院子后面一道常年不开的小门溜了出去。晌午时分,村里人这个点儿大多刚吃过午饭,正在炕上小憩,所以碰到人的可能性不大。海亮很快便跟水妹会合了。水妹也圆满完成了海亮交代的任务。

海亮和水妹一回到山洞就听铁蛋说,那个受伤的人刚才已经醒了。土娃连忙表功说自己按铁蛋的吩咐,拿匕首到附近砍了一截竹子,将竹节捅穿,往竹筒里灌满山泉水带回来,喂那个受伤的人喝下他才慢慢醒来的。那人告诉铁蛋,他绰号叫猴子,是山里的猎户。除此之外别的什么都不肯说。

海亮仔细打量着那个受伤的人,见他身形瘦小,皮肤黝黑。因为失血的缘故他整个人看上去很虚弱,要很用力才能睁开眼。海亮把玩着那人的手枪,里面已经没有子弹了。海亮说:"山里的猎户会使这种盒子炮?你当我们是傻子呢!你如果只是普通猎户,二鬼子干吗要追你?"

那人朝海亮投来一瞥,没说话。

"不管你承不承认,我们早就猜到了你的身份。"海亮

第三章
山洞里藏着大秘密

自信地说，"那个脱身的人肯定还会回来找你，我有的是办法堵住他。"

那人审视着眼前的四个孩子："你们是红崖村的？"

"没错！"铁蛋抢着回答，"我叫铁蛋，他叫海亮。他是俺村儿童团的团长。"

"红崖村什么时候成立儿童团了？"那人反问道。

水妹说："我们还骗你不成？秋阳姐今天刚刚帮我们成立的。"

"沈秋阳？"

土娃连连点头："对对对！你认识秋阳姐？"

"不认识，"那人答道，"但我很早就认识她哥哥沈先生。"

铁蛋说："沈老师去参加游击队了，还把我的红缨枪给借走了！"

海亮反应极快，马上就反问："沈老师今早才离开村子，你怎么会很早就认识他？"

那人说因为别的事，他们曾经找沈先生帮过忙，所以认识了。海亮说，既然话都说到这个份上了，你也应该相信我们不会害你。我们如果想去领赏,这会儿早把鬼子叫来抓你了,怎么还可能出去找水、回家拿药来救你!

那人思忖后才承认,自己是茅山游击队的人,名叫赖勇。海亮才不会轻易相信"赖勇"的话呢。他不露声色地让土娃拎着水罐再去取来泉水,又帮着水妹替"赖勇"清洗伤口,敷上药,包扎好之后,海亮才开始发问:"你们从县城回茅山,咋跑到红崖村来了?"

铁蛋听海亮这么一问,心里咯噔一下:对呀,从县城到茅山不应该走这个方向啊。

赖勇解释说,鬼子封锁了通往茅山的道路,所以他们决定绕道红崖村,穿过鹰见愁回茅山。没想到鬼子早有防备,派陇头沟据点的二鬼子在路上设了卡,偏偏其中有个二鬼子是赖勇的乡亲,一眼把他认了出来。于是他们就只能硬闯关卡,边打边撤进林子。

"那个逃脱的人身手好生了得,他叫啥名?"海亮问。

赖勇说那人叫燕青,是侦察队长。赖勇没有告诉孩子们,燕青不是茅山游击队的人,而是八路军独立团的侦察队长。赖勇这次是奉命配合独立团的侦察任务。听到这里,海

第三章
山洞里藏着大秘密

亮心里基本上厘清了整件事的经过。赖勇后背中枪，燕青把他藏进山洞，故意现身将二鬼子引走。但海亮心里仍有许多没解开的疑团。他问赖勇："山洞这么隐蔽，在我们红崖村也没几人知道，你们怎么一下就找到了？"

赖勇说："燕队长是附近岳家村人，对这一带地形很熟。两月前我们去县城执行紧急任务，返回时也走的这条道儿。那时洞口的草还没长这么高，我们发现山洞后就进来打了个盹儿。"

"既然是紧急任务，你们为啥不赶紧回去？还有时间到洞里来睡觉？"海亮继续追问。

"那晚天儿很黑，伸手不见五指。燕队长说，等天见亮了再过鹰见愁，这样更安全。"

红崖村的孩子去过鹰见愁峡谷的不多，但都听说过那个地方。知道那里地势险要，即便是攀爬能力极强的猎手或挖药人，也很难在夜色中穿过断崖。从这点来看，赖勇的话似乎没有漏洞。但海亮很快又想到一个问题。"我们明明看见你说的那个叫燕青的人已经甩掉了尾巴，怎么没见他回来找你？"海亮追问道。

"我们这次执行的任务很紧急,需要尽快赶回……去,等任务完成,他会尽快来接我。"

铁蛋见海亮一直问个没完,不满地说:"海亮,你能不能少问几句?猴子大哥刚醒来,先让他休息一会儿不行吗?"

海亮瞥了一眼躺在地上的赖勇,见他尖脸大眼,身形瘦小,不由得哼道:"猴子这个外号还真名符其实。"

几个孩子回到村子时,天色已晚。他们刚进村口,突然从空中飞来一块土坷垃差点砸中水妹的脑袋。铁蛋扭头一看,见村里出了名的大懒虫黄皮子正骑在一根树杈上。周围没别人,土坷垃肯定是他扔的。黄皮子三十好几了,听村里人说他打小就好吃懒做,还学会了抽大烟。婚后两年老婆实在受不了,带着一个不满周岁的儿子,跟一个走村串户的货郎跑了。黄皮子变回光棍儿后惰性不改,任凭自家的地荒着,成天游手好闲。没钱抽大烟了就到附近村子偷鸡摸狗。他常年不洗澡,浑身一股子酸臭味儿,村里人见到他都躲得远远的。鲁西地方管黄鼠狼叫黄皮子,碰巧他也姓黄,又长得尖嘴猴腮,一身臭味儿,所以大家都叫他黄皮子。时间一

第三章
山洞里藏着大秘密

久，他原本的名字反倒被人忘了。

铁蛋气愤地喊道:"黄皮子，干吗朝我们扔土坷垃？要是砸到了水妹，我饶不了你！"

黄皮子咧嘴笑着，露出一口黑牙:"你们去林子里干啥了？"

"要你管！"水妹呛了他一句。

"你们提了一袋子东西进林子，出来两手空空，很可疑呀！"

铁蛋刚要说话，海亮制止道:"甭理他。咱们走。"

"你们最好弄点好吃的来堵我的嘴，我就替你们保密。"黄皮子大声嚷道。

四个孩子没再理会黄皮子，撒腿跑回村子。分手的时候，水妹有些担心:"海亮，你说黄皮子会不会把他看到的事情告诉别人？"

海亮没回答。

"要不，我还是回家给他拿点好吃的吧？"土娃说。

"不行，用好吃的堵不住这种人的嘴。"海亮说，"再说，他只是看到我们进了林子，别的啥也不知道。他就是故意想诈我们。如果给他送吃的去，反倒显得我们心虚。"

土娃怕挨骂，急着要回家。铁蛋连叮嘱带吓唬，警告他绝对不能把今天林子里的事讲出去，否则就要取消他儿童团员的资格。土娃赌咒发誓了半天，铁蛋才准许他离开。

铁蛋跑回家跟爷爷打了个照面，爷爷正在院子里用水擦洗身子。铁蛋钻进厨房，用葫芦瓢从缸子里舀水咕嘟咕嘟喝了个半饱，然后用大葱蘸了些黄豆酱，夹在两片薄薄的野菜玉米饼中间，塞进嘴里美美地咬了一大口，扭头跑了出来。有些事情他还想去找海亮商量。

海亮是红崖村公认的最聪明的孩子。在他还很小的时候，海老爷就请家里的账房沈老先生教他识文断字。沈老先生逢人便夸海亮是"小诸葛"，是他见过的最聪明的孩子，学啥都快，看书更是过目不忘。海亮不光记性好，理解力强，而且很善于动脑子。

最让沈老先生夸耀的一件事是，海老爷刚去世，邻乡匪寨里就坏了以前的老规矩，不断到海家索要钱粮，还放火烧了海家的牛棚以示警告。海亮爹一怒之下打算报官，被海亮劝住了。海亮无意中听沈老先生提到，说匪寨二当家的娘苦

第三章
山洞里藏着大秘密

劝儿子别干这打家劫舍的营生，可儿子偏就不听，她一气之下跟儿子断了来往，拖着病身一直住在老屋。海亮让沈老先生去把匪寨二当家的娘接到海家，还从县城请来大夫给她瞧病。老人病好之后又搬回到老屋住。打那以后，匪寨的人再没来找过海家的麻烦。

铁蛋一见到海亮就诉说自己的担心，认为应该留人在山洞里照顾赖大哥。海亮说他想过这个问题，但他们当中谁要是彻夜不归，家里大人肯定急坏了，弄不好全村人都得惊动。再说，赖大哥身上的子弹虽然没取出，但他还没到完全不能动弹的地步。我们帮他止住了血，清洗了伤口，上了药，又留下了足够的水和食物，他独自熬过一晚上应该没问题。

铁蛋说："万一被二鬼子发现了咋办？"

"不会的，二鬼子并不知道赖大哥受了伤，更不知道他留在林子里。"

"我说把他接到家里去，你为啥不同意？"

海亮耐心解释："前不久鬼子才发了告示，说谁要是敢跟八路军游击队有瓜葛，就要治谁的罪。万一有胆小怕事的人走漏风声，会给你家惹大麻烦。"

铁蛋不服气地说："我才不怕呢！大不了我也去参加游击队！"

"就算游击队肯收你，铁大爷咋办？难不成他一把年纪了，也跟着你在山野间躲来躲去打鬼子？"

铁蛋被问住了。停顿一下他又说："就算你说的都对！我们都听你的，可这件事总不该瞒着秋阳姐吧？你别忘了，儿童团是她帮我们成立的。"

"你总算说到点子上了。"海亮看了铁蛋一眼，"跟你们分手后我去找过秋阳姐，唐婶儿说她去别的村子了，要明天晚上才回来。"

铁蛋伸手搂着海亮的肩膀，脸上讨好般地笑着："能不能把你的红缨枪给我用？"

"凭啥？"

"你都当团长了，你只要下命令就行了。有啥事我替你去做，红缨枪我也可以替你扛。"

海亮哼道："想得美！"

第三章
山洞里藏着大秘密

第二天一早,天刚蒙蒙亮,几个孩子就已经在村口会合了。海亮交代说,在秋阳姐回来之前,这件事只能他们四个知道。自然,照顾赖大哥的任务也只由他们四人来完成。为了不引起家里大人和村里人的怀疑,他们四人要分成两组,每天清早和晌午各去一组人到山洞看看赖大哥。清早去的那组人要负责带足一天的饮水和口粮。

"我跟你一组。"不等海亮说完,铁蛋急忙表态。

水妹不干了:"不行!我也要跟海亮一组。"

土娃瞟了海亮一眼,低声说:"我、我也想跟你一组。"

"我已经分好组了,还没来得及说呢,你们就开始插话了。"海亮表情很严肃,"现在是非常时期,没时间慢慢商量了。既然大家都选我当团长,就听我这一回好不好?"

在海亮的注视下,铁蛋、水妹和土娃都只好点头应承下来。海亮让铁蛋跟水妹一组,自己跟土娃一组。对这个安排,谁都提不出啥意见。海亮说完,就站起身准备带土娃离开。没想到刚走两步,土娃突然用手捂住肚子蹲在地上,样子看上去很痛苦。

"咋啦?"水妹也蹲下来,歪着脑袋看土娃。

土娃龇牙咧嘴地说:"我、我肚子好、好痛……"

"是不是吃坏肚子了?"水妹问。

土娃摇摇头。昨天他娘回娘家去了,晚饭是他爹准备的。老栓叔套车、做木工活儿都是把好手,可烧饭的手艺实在不咋地,既不会烙饼也不会擀面条,只会用土豆焖高粱米饭。土娃嫌爹做的难吃,就从碗柜里找出娘前天做的荠菜饽饽啃了两个。没想到这会儿肠子竟拧着劲儿的疼。

铁蛋见状忙说:"土娃肚子疼,我替他去吧。"

"那我咋办?"水妹问。

铁蛋说:"晌午我再跟你去一趟就是了。"

海亮想了一下:"好,就这么决定了。我现在跟铁蛋去山洞,水妹送土娃回家歇息。"

铁蛋跟海亮从村子出来,一路小跑,很快就钻到林子里。铁蛋平时野惯了,跑起来像头撒欢儿的小牛犊,浑身上下有使不完的劲儿,把海亮远远甩在后面。海亮气喘吁吁地喊铁蛋等等他,铁蛋就当没听见,依旧在前头猛跑。

"铁蛋!你再不停下我就不理你了!"海亮威胁道。

听到这句话,铁蛋掉头就往回跑,很快来到海亮跟前。

第三章
山洞里藏着大秘密

"是你跑太慢,凭啥怪我?"铁蛋很不服气。

海亮喘息着说:"你不能闷着脑袋只顾朝前跑,还要留心周围的情况。"

铁蛋把脑袋左右扭动着:"周围有什么情况?我咋没看到?"

海亮自言自语:"我总觉得后面有人跟着……"

"在哪儿?你指给我瞧瞧。"

海亮招招手,让铁蛋凑到跟前,在铁蛋耳边低声说了几句话。铁蛋瞪着大眼珠子,点点头。两个孩子没有继续往洞口方向走,而是拐上另一条岔路。往前走了约莫半里地,看到路边耸立着一块巨石。海亮跟铁蛋四下张望后,把随身带来的东西藏到巨石下。然后两人蹑手蹑脚地走到附近的草丛里躲藏起来。

第四章
铁大爷接受新任务

铁蛋跟海亮在灌木丛中躲了好一会儿，没发现周围有什么异样。铁蛋说海亮害了疑心病，总是疑神疑鬼的。他可不想瞎耽误工夫，他还着急去山洞呢。两人把藏在巨石下的东西取出来，以最快的速度跑到山洞。

休息了一夜，赖勇看上去精神好多了，他正靠在洞壁上擦枪呢。铁蛋想玩玩他的枪，因为已经没子弹了，赖勇便把手枪递给铁蛋。铁蛋用枪对准海亮："不许动！举起手来！"

"有毛病！"海亮将枪口拨来朝向旁边，"一看你就是第一次玩，握枪的姿势都是错的。"

铁蛋说："别告诉我你早就玩过枪。"

海亮没搭理铁蛋，转头问赖勇："赖大哥，昨晚没什么异常情况吧？"

"能有啥异常情况？赖大哥不还好端端地坐在这儿吗？"铁蛋说。

赖勇对海亮说："等过了晌午，我就打算回茅山了。"

"绝对不行！"海亮阻止道，"你刚受伤，两只手搭不上力，根本没法攀过鹰见愁。"

第四章
铁大爷接受新任务

"我可以想办法混过鬼子设的关卡——"

海亮立即打断了他:"那更不行,二鬼子里有人认出你了,我们不能让你去冒这个险。"

铁蛋不解地问:"赖大哥,你干吗要着急回去?你信不过我们?"

"哪有,我当然信得过你们。我们虽然叫茅山游击队,可茅山不过就是长着一片林子的小土坡,能藏住啥人?鬼子一来我们就得走。为了躲避搜捕,我们驻扎的地儿经常在变。我担心回去晚了找不到部队。"

海亮问:"那个姓燕的队长不是说要来接你吗?"

赖勇答道:"燕青队长还有很重要的任务,不能因为我误了大事。"

"甭管咋说,反正我们不许你去冒险!"铁蛋说。

赖勇笑笑,没再争辩。

海亮想了一下:"这样吧,等下我们回村准备一下,晌午过后我们带衣服过来帮你化化装,等天擦黑的时候我们把你送过鬼子的关卡。"

"海亮,你疯了吗?干吗要让赖大哥去冒险?出了事谁负责?"

"我是儿童团团长,当然我负责。"

"你是团长就可以胡乱作决定吗?"

海亮瞪了铁蛋一眼:"你闭嘴!就按我说的办。"

铁蛋气呼呼地看着海亮,突然一扭头跑出山洞。

海亮把带来的东西交给赖勇:"赖大哥,你千万别出山洞,晌午过后我们一定会来的。你放心,我有办法送你回茅山。"

赖勇信任地点点头:"知道啦。"

海亮走出山洞,将倒伏的杂草扶起来把洞口遮挡严实后,才拔腿去追铁蛋。

铁蛋没有跑远,他只是一时没想通,正坐在地上生闷气呢。海亮来到跟前,挨着铁蛋坐下后,问道:"如果你是赖大哥,你铁了心要走,可我们就是不同意,你会咋办?"

"趁你们不在的时候,偷偷溜走呗!"

海亮点点头:"没错,所以我只能想办法先稳住赖大哥。"

铁蛋这才反应过来:"原来你用的是、是什么计来着?"

第四章
铁大爷接受新任务

"缓兵之计。"

"你能缓到啥时候?"

海亮盯着铁蛋:"缓到秋阳姐回来。"

铁蛋一下子就高兴起来:"我懂了。那我再去找赖大哥玩会儿,让他教教我怎么打枪。"

海亮仰头看看天色尚早,知道现在没法劝铁蛋回去,就跟着他来到洞口。两人扒开草丛正准备进去,就听背后传来一个声音。"哈哈!这回总算让我给逮着了!"

铁蛋跟海亮回头一看,发现黄皮子就站在身后不远的地方。

"你想干啥?"铁蛋气愤地质问道。

黄皮子咧着嘴:"不干啥,我就想知道洞里藏着啥宝贝。"

铁蛋从地上抄起一块石头,威胁说:"你要是敢跟过来,别怪我不客气!"

黄皮子身子虽然瘦弱,但毕竟是成年人,他压根儿没把两个孩子放眼里。铁蛋说话的同时,他已经趿着一双露着脚趾头的烂鞋,摇摇晃晃地走了过来。铁蛋攥着石块,却不敢砸过去。黄皮子虽说人见人厌，但毕竟是乡里乡亲，铁蛋对他下不了手。

铁蛋把石块儿一扔，冲过去跟黄皮子纠缠在一起。海亮也赶紧上前帮忙，但无奈他们年纪尚小，力气不够，很快就被黄皮子撂倒在地。海亮的额头也蹭破了。铁蛋倒在地上仍死死抱着黄皮子的一条腿。黄皮子挣脱后，骂骂咧咧地用力踹了铁蛋两脚。

黄皮子蹲下身子，扒开草丛往洞口里瞅。就在这时，一只手从后面伸过来，拎着黄皮子的脖领子，猛地将他扔出老远。

"你？是你！"海亮又惊又喜。

铁蛋也认出了来人，他就是昨天在林子里见过的那个身手敏捷的侦察队长燕青。

站在瘦成麻杆的黄皮子跟前，燕青就像一尊铁塔，他身高体壮，皮肤黝黑，头发很短，鼻梁挺直。里面穿对襟浅色褂子，外面套一件灰褐色短衫，没有系盘扣，袖口挽到肘部。他从上到下、从里到外的形象、气质和打扮，都百分百符合铁蛋心目中游击队员的模样。

第四章
铁大爷接受新任务

黄皮子这一跤跌得不轻,他习惯性地刚想张嘴开骂,但一看到燕青,便生生把到了嘴边的脏话咽了回去。他从地上爬起来,想走又不敢走,只能耷拉着脑袋站在原地,低着头不敢抬眼去看燕青。

燕青厉声说道:"欺负孩子算啥本事?你不是想知道山洞里有什么吗?进去看看就清楚了。"

"不敢不敢。"黄皮子连连摆手,下意识地后退了半步。

"你叫啥名儿?"燕青问。

黄皮子迟疑着,铁蛋已脱口而出:"他叫黄皮子,是俺村出了名的懒汉。"

"懒不归我管,但如果想去巴结日本人,干出伤害乡亲们的勾当,我定饶不了你!听见没?"

黄皮子急忙应道:"听见了,都记下了。"

燕青一摆手,示意黄皮子赶紧走。黄皮子哪还敢多耽搁一秒钟,趿拉着烂鞋一阵飞跑,只恨爹妈让他少生了一双脚。

目送黄皮子跑没影儿了,燕青才收回目光,转头打量铁蛋和海亮。海亮觉得此时有必要正式来个自我介绍,省得被燕青一句句追问。于是他咳嗽了一声,说道:"我们是红崖村儿童团的,我叫海亮,他是铁蛋。昨天我们在林子里看见你故意把二鬼子引到鹰见愁。二鬼子走了以后,我们在山洞里找到了赖勇大哥,他把什么都告诉我们了。我们今天来是给他送吃的。"

海亮果然厉害,几句话就把事情说清楚了。但燕青心里仍有疑问:"你们怎么知道山洞里有人?"

铁蛋答道:"我们听二鬼子说他们追的是两个人,又看到你故意把二鬼子引开,海亮就猜到另一个人可能受了伤,被你藏起来了。正好土娃放羊的时候进过那个山洞,所以——"

"明白了。谢谢你们救了我的战友。"铁蛋话没说完,燕青就抬手阻止了他,转头去看海亮,"你刚才说,你们是红崖村儿童团的?"

海亮急忙点头。

"那你们能不能替我去村里找个人?"

"你要找谁?村里的人我全都认识。"铁蛋说。

"沈秋阳。"

第四章
铁大爷接受新任务

　　海亮吃了一惊:"你要找秋阳姐?她现在不在村子里,要晚上才回来。"

　　燕青问:"你们知不知道她去哪里了?"

　　"我本来想把发现赖勇大哥的事向秋阳姐报告,结果唐婶儿说秋阳姐去邻村了,具体去的是哪个村儿,唐婶儿也不清楚。"

　　燕青沉吟片刻后,说道:"这样吧,我先送赖勇回茅山,明儿再过来。麻烦你们跟沈秋阳老师说一声,请她在村里等着我。"

　　"你咋知道秋阳姐是老师?"铁蛋问。

　　燕青笑了笑,没回答。

　　海亮往前走了一步,说:"燕青大哥,我们知道你身手了得,可赖大哥伤得不轻,要带着他穿过鹰见愁太冒险了,你不觉得吗?"

　　"嗯……你的意思呢?"燕青居然征求海亮的意见,铁蛋惊愕地张大了嘴。

　　海亮早就想好了:"你找秋阳姐肯定有很重要的事情,她晚上就回来了。我觉得你可以等到晚上见到秋阳姐之后再走。至于赖大哥嘛,我觉得应该先送他去县城,找医生把他身上的子弹取出来。"

"游击队里中枪的人多着呢,还能都往县城送?再说了,我们那儿也有会治枪伤的大夫。"燕青说。

"那就请你们的大夫过来帮赖大哥取出子弹,让赖大哥留在村子养伤。"

燕青思忖后决定等见过秋阳姐之后再作下一步打算。

虽然从红崖村跑出去参加八路军和游击队的人不少,但八路军和游击队还没到过村子,一旦有陌生面孔出现在村里,肯定会引起乡亲们的注意。出于这种考虑,燕青没敢贸然进村。他一直留在山洞等着秋阳姐。

好在秋阳姐回来得不太晚,天刚擦黑她就进村了。坐在晒谷场石碾子上的铁蛋和海亮老远就看见秋阳姐,两人从碾子上蹦下来,用最快的速度冲到秋阳姐跟前。到了跟前才发现,跟秋阳姐一道回来的还有个十八九岁的小伙子,模样瞧着很是机灵。秋阳姐说小伙子是邻村人,因为担心路上不安全特意护送她回村。

第四章
铁大爷接受新任务

铁蛋的语气中略带责备:"秋阳姐,你去哪儿了?咋才回来,我们急得心里都快要着火了!"

"你们这是咋了?出什么大事了吗?"看到俩孩子的表情,秋阳姐免不了心头一紧。

海亮看了旁边那个小哥哥一眼,犹豫着该不该当他面讲。秋阳姐立马就明白了,说没关系,小伙子是信得过的人。海亮这才用最简短的话把这两天发生的事情告诉了秋阳姐。秋阳姐问海亮,你能确定那两个人是茅山游击队的?铁蛋抢着回答,他们亲眼看见二鬼子在追那俩人。海亮补充说,他聊天时故意留了个心眼儿,拐弯抹角地从赖大哥口中得知,沈清明老师很早就跟茅山游击队有联系,还帮过他们的忙。可以确定的是,赖大哥一准儿见过沈清明老师,这点他没撒谎。

秋阳姐很了解海亮,所以相信海亮的判断。她二话没说就带上邻村那个小伙儿,跟着铁蛋和海亮进了林子,很快就来到赖勇藏身的山洞。燕青坐在洞口,仰头望着满天繁星,一动不动,像尊石像。

见到秋阳姐后,燕青第一句话便说:"是沈先生让我来找你的。"

"我哥?"秋阳姐有点惊讶。

燕青点点头,随即亮明身份,称自己是八路军独立团的侦察队长。因为侦察队缺人,就向茅山游击队借了几个帮手。今天受伤的赖勇便是其中之一。

燕青说:"我们独立团准备联合几支活跃在鲁西地区的游击队,对驻扎在县城的日军搞一次伏击,打击一下鬼子的嚣张气焰。现在最大的问题是,缺少枪支弹药。虽然我们一直在偷袭伪军,想方设法从他们手里搞些武器,但远远不够。刚好我们游击队新加入的队员,几乎都是本地人,他们当中很多人有习武的底子,所以我们就想请你们村的铁大爷,用最短的时间帮忙打造五百支红缨枪头,不知能不能行?"

不等秋阳姐开口,铁蛋就嚷开了:"早说是为这事儿,你都不用等秋阳姐,我就可以告诉你,不行,绝对不行!"

燕青露出诧异的表情。

海亮连忙给燕青解释,铁蛋是铁大爷的亲孙子。

秋阳姐转头问铁蛋:"为啥不行?"

第四章
铁大爷接受新任务

　　铁蛋拍了下手,再把手一摊:"因为根本就找不到打造枪头的铁!我的红缨枪被沈老师借走了,我让爷爷重新给我打一支枪头,他说什么妇、什么炊……海亮,那句话咋说来着?"

　　"巧妇难为无米之炊。"

　　"我知道,意思就是说,家里没米再能干的媳妇儿也煮不出饭来。"

　　秋阳姐听完,转身望着燕青。

　　燕青笑着说:"既然我们要请铁大爷帮忙煮饭,肯定要给他提供大米。"

　　秋阳姐半信半疑:"要煮五百人的饭,需要的米可不老少,鬼子把物资控制得那么紧,你们上哪儿去弄?"

　　燕青告诉大家,之所以会有打造红缨枪头的想法,是因为前不久游击队在茅山发现一片工厂遗址。大家都很纳闷儿,谁会跑到大山里来开工厂?为了搞清楚这件事,我们通过关系找到了沈先生,他以前在县政府里编修过县志。沈先生告诉我们,八年前时任山东省主席的韩复榘想在茅山建一座兵工厂,后来因为多种原因废弃了。幸运的是游击队从地下挖出大量丢弃的铁料，所以不必担心"无米之炊"。

太好啦！铁蛋心想，怪不得沈老师要去参加游击队，原来他早就在偷偷帮游击队做事。不过铁蛋还是有点不明白，沈老师连捉小鸡儿的力气都没有，他在游击队里能干些啥呢？莫非是教游击队的人念书识字？铁蛋没敢问。

秋阳姐请燕青回去告诉独立团的领导，铁大爷肯定愿意帮忙打造红缨枪头，只不过现在铁匠铺只有铁大爷一个人，每年在秋收前才会临时招几个徒弟。秋阳姐担心铁大爷忙不过来。燕青说这一点他们也想到了，所以等铁料运送到红崖村后，会留几个人给铁大爷当帮手，希望秋阳姐安排一下这几个人的吃住。秋阳姐满口答应。

燕青和秋阳姐又开始商议如何安置赖勇。燕青还是坚持要把赖勇带走，因为秋阳姐接下来最重要的任务，是要全程负责打造红缨枪头的工作，燕青不想让秋阳姐再分心来照顾赖勇。海亮当即表示，儿童团可以担负起照顾赖大哥的工作。燕青笑着说，身上挂点彩对游击队员来说，简直是家常便饭。就算逼着赖勇留下来，他待不了两天就会偷偷溜回茅山。与其让他独自冒险，还不如跟我一道回去。

第四章
铁大爷接受新任务

燕青再三强调,打造红缨枪头这件事看似简单,其实做起来很难。首先是把那么多铁料运来,与此同时村里突然出现几个陌生面孔,乡亲们一定会好奇,免不了到铁匠铺围观。看到的人多了,就容易走漏风声。打出来的红缨枪头更要保管好,防止鬼子突然来袭,前功尽弃不说,还会给铁大爷和乡亲们带来危险。

秋阳姐告诉燕青,她这次从县城回来的任务,就是要把邻近各村的党组织建立起来。打造红缨枪头不仅仅是红崖村的事,也是邻近各村党支部的首要任务。她请燕青转告八路军和游击队的领导,红崖村一定会圆满完成任务。

燕青和秋阳姐谈话时,铁蛋和海亮一直坐在旁边听。有些话铁蛋听懂了,有些听不懂。听不懂的地方他很想问海亮,可海亮听得很专注,铁蛋也不敢问。在跟着秋阳姐回村的路上,铁蛋终于忍不住了。

"秋阳姐,啥叫党组织啊?"

秋阳姐扭头看着铁蛋和海亮:"你们听说过共产党吗?"

海亮点点头:"我知道。八路军就是共产党领导的队伍。"

秋阳姐说:"不光是八路军,我们正力争在每个村都建立党的支部——"

"什么是支部?"铁蛋又问。

"支部是党的基层组织,是组织和团结老百姓一起抗日的战斗堡垒。"

铁蛋虽然不太明白"战斗堡垒"的意思,但他猜测就是主心骨、带头人的意思。"儿童团也算共产党吗?"铁蛋问。

秋阳姐笑着说:"儿童团是共产党领导下的少年组织。"

"是不是等我们长大了就能加入共产党?"铁蛋继续问。

"等你们长大了,要先加入共产主义青年团,考察合格后再加入党组织。"

铁蛋扭头看了一直默默跟在后面的那个邻村小伙儿一眼:"他呢?他是共产党吗?"

"是的,他是我们刚刚发展的新党员,是来协助我工作的,"秋阳姐说,"你们就叫他春旺哥吧,接下来一段时间他会暂时住在我们村儿。"

水妹忙问:"那春旺哥住哪儿呀?"

"住我家吧!"海亮说。

"不用,我娘在你家住,春旺正好住俺娘的屋。"

第四章
铁大爷接受新任务

　　海亮忙问："秋阳姐,接下来我们儿童团有什么任务?"

　　秋阳姐说："你们的任务会很多,也很重要。燕青队长说了,等打造红缨枪头的工作一启动,你们就要开始在村口站岗放哨,不允许陌生人随便进村。发现异常情况要及时报告。必要的时候,还要帮忙传递消息。"

　　"太棒了!我马上就可以有新的红缨枪啦!"铁蛋高兴得直蹦。

第五章
秋阳姐率众打枪头

明知道今天一早燕青就要带赖勇回茅山,但铁蛋还是忍不住去找海亮,想再去山洞看看。假如燕青大哥还没出发,就把他们送到鹰见愁。铁蛋掀起褂子的前襟让海亮看,他怀里还揣着两个鸡蛋呢。"你家又没养鸡,哪儿来的鸡蛋?"海亮立刻警觉起来。

"你甭管!"

"不行!你必须给我说清楚!"海亮口气中毫无商量余地。

铁蛋撇撇嘴:"你那么聪明,我不说你肯定也能猜到呀!"

海亮沉下脸:"偷隔壁五奶奶家的?"

"不是偷,我只是暂时借用一下。"铁蛋极力狡辩,"要是燕青大哥他们走了,我马上就还回去。"

"如果他们还没走,你是不是就准备送给赖大哥?"

铁蛋把脖子一拧:"没错,我是这么打算来着。不就是两个鸡蛋吗?有啥了不起?五奶奶家的蛋以前也总被黄皮子偷。大不了我去套只野兔赔给她。"

海亮大声说:"你以前干什么我不管,现在你是儿童团

第五章
秋阳姐率众打枪头

员,你不能干偷鸡摸狗的事!否则你跟黄皮子有啥区别?"

"那我现在去跟五奶奶说,我问她借两个鸡蛋总可以吧?"

"晚了!事先征得同意那才叫借,没打招呼直接拿走,那就叫偷!"

铁蛋很反感"偷"这个字眼儿:"照你的意思,我的红缨枪也是被沈老师偷走的?"

"沈老师拿走你的红缨枪,是经过铁大爷允许的。"

"那是我的红缨枪,凭啥不先问我答不答应?"

海亮顿了一下:"嗯……这件事沈老师的确考虑不周。但不能因为沈老师拿走了你的红缨枪,你就可以拿走五奶奶的鸡蛋。"

铁蛋自知理亏:"我、我等下就给五奶奶还回去。"

"不光要还回去,还必须当面道歉!"

"行!俺都依你。"铁蛋满口答应,"我们先去山洞看看吧,你不想知道燕青大哥他们走没走?"

铁蛋跟海亮马不停蹄赶到山洞,但还是晚了一步。洞口踩倒的草被人扶了起来,如果不是之前来过,谁也看不出这里有个山洞。海亮明白燕青的意思，他想保留这个秘密藏身处，以防将来某天还需要使用。这个山洞离村子不远，用来存放铁料和打造好的红缨枪头，再合适不过了。海亮提醒铁蛋，不能向任何人提起这个山洞。既然赖大哥已经被接走了，就当之前的事情没发生过。

"我肯定不会告诉别人，水妹跟土娃只要你不许他们讲，他们也会保密。靠不住的就只有黄皮子，拿这个秘密说不准儿可以去跟保长换顿酒喝呢！"

铁蛋的话让海亮马上想到了燕青的提醒。如果铁大爷开始替八路军和游击队打造红缨枪头，这件事很快就不再是秘密。村里其他人都不用太担心，唯一需要提防的就是黄皮子这个无赖。秋阳姐那么忙，她肯定顾不过来，我们儿童团就要当她的眼睛，替她盯住黄皮子，决不能让他给乡亲们惹麻烦。

一回村，海亮就让铁蛋去通知水妹和土娃到自己家商量事情。水妹正在酒坊帮哑巴婶封酒坛。杜家酒坊一直使用定制的黑釉陶土酒坛，一池酒酿好后要分装灌坛，接下来就是非常重要的一步：封坛。封坛的日子要看天气，气温和湿

第五章
秋阳姐率众打枪头

度都非常重要。杜家酒坊有祖传封坛技艺。先用构树皮制成的宣纸盖住坛口，再将糯米粉熬制成浆糊涂抹在纸上。涂抹均匀后再盖一层纸，纸上再抹糨糊。如此反复，一直要封九层。封坛后，需将酒坛置于阴凉干燥通风处，让封坛糨糊在霉菌滋生前迅速干透，这样才能保证酒味醇香绵长。

水妹姥爷去世前，封坛的时候绝不允许外姓女婿和外孙女在场。现在哑巴婶独自打理酒坊，她一个人根本忙不过来，就时不时让水妹帮着封坛。铁蛋来叫水妹的时候，新出窖的几十坛酒刚刚封完，水妹正往酒坛圆鼓鼓的肚子上粘贴盖有"杜家酒坊"印鉴的字条。

哑巴婶瞟了铁蛋一眼，对水妹说："剩下的我来贴，你去吧。"

铁蛋和水妹一起来到土娃家。土娃正在院子里做木工活。见铁蛋和水妹走进院子，土娃急忙把一个东西藏在背后，说有东西要送给铁蛋，让铁蛋猜是啥。

水妹问："是弹弓吗？"

土娃摇摇头。

"是木头手枪吗？"水妹又问。

土娃还是摇头:"我让铁蛋猜。"

铁蛋趁土娃不注意,一个箭步蹿到土娃身后,将他手里的东西抢了过来。原来是一支做工非常精致的木质红缨枪头。

"漂亮吧?"土娃看着铁蛋,渴望得到他的赞美。

铁蛋瞄了几眼,便把红缨枪头往土娃手里一塞:"你的枪头被我摔折了,你自己留着用吧,我不要。"

"为啥?"土娃很诧异。

"我才不要木枪头呢!我要让爷爷给我打一支铁枪头!"

土娃说:"秋阳姐说了,我们儿童团用木枪头就可以。"

铁蛋不服气:"海亮用的就是铁枪头。"

"海亮是团长——"

"团长咋了?我不是团长,我也可以有铁枪头!"

水妹忙说:"好了好了,先不说枪头的事。我们赶紧上海亮家吧,别让他等着急了。"

刚走出土娃家的院子,铁蛋突然想到了什么,赶忙返

第五章
秋阳姐率众打枪头

身进去把土娃刚做好的木枪头拿到手上。土娃有点不高兴地说:"你不是不要吗?还拿它干啥?"铁蛋神秘地一笑,说:"我又想要了。"

水妹和土娃不知铁蛋葫芦里卖的什么药。等见到海亮后他们才反应过来,原来铁蛋是要用这支木枪头去换海亮的铁枪头。海亮说什么也不愿意,他让铁蛋死了这条心。铁蛋很是气恼,因为铁枪头是他送给海亮的。全村孩子当中,以前就只有他跟海亮有铁枪头。现在自己的红缨枪被沈老师借走了,整个儿童团就只剩海亮这一支铁枪头了,所以铁蛋总变着方儿想弄到手。

水妹见铁蛋和海亮一直争吵不停,心里很是来气:"海亮,你叫我们过来就是看你俩吵架吗?"

土娃一把将木枪头从铁蛋手中夺了回去。"刚才送你你不要,现在我不想送你了!"自己很用心做的木枪头,被铁蛋当着自己的面拿去换铁枪头,土娃也有些不高兴。

海亮忙说:"停!别再闹了。我叫你们过来,是有很重要的事情跟你们商量。"

"啥事?"铁蛋很好奇。

海亮告诉小伙伴，铁大爷受八路军和游击队之托，要尽快打造五百支红缨枪头。秋阳姐说要把全村的人都动员起来共同做好这件事，儿童团的任务是轮流在村口站岗放哨，不能放一个陌生人进来。更重要的是不能走漏风声，如果让鬼子知道了，全村都得遭殃。

铁蛋、水妹和土娃不由得想到了上月鬼子和二鬼子到村里抢粮的事。幸亏老栓叔提前回来报信，乡亲们都躲到山里去了。但来不及带走的粮食和值钱的东西，都被鬼子抢走了。村里几个行动不便的老人，执意要留下来守村子，结果全被鬼子打死打伤了。要是鬼子知道村里人在帮八路军和游击队，后果不堪设想。

水妹说："村里人都恨死鬼子了，谁也不会把打造枪头的事讲出去。"

"有一个人我很不放心。"海亮说。

铁蛋忙问："黄皮子吗？"

海亮点点头。

"派人每天跟着他，不许他离开村子。"铁蛋说。

水妹反问道："白天能看住他，晚上呢？你睡觉了呢？"

第五章
秋阳姐率众打枪头

"水妹说得对,派人跟着不是办法。"海亮说,"我们要想办法吓住他,就算借他一百个胆子,谅他也不敢去向鬼子告密。"

土娃问:"咋吓他?"

海亮张开双臂,把三个小伙伴的脑袋拢在一起,低声讲出自己的妙计。铁蛋听完表情有些迷茫:"这就行了?太麻烦了吧?要我说干脆直接上门去警告他,他如果不听,就狠狠揍他一顿!打得他求饶为止。"

水妹说:"你傻呀?谁敢明着说自己要去向鬼子告密?再说了,你凭啥无缘无故打人家呀?"

"是他先打我跟海亮,他还踹了我两脚呢!"

土娃看了铁蛋一眼:"还是听海亮少爷的吧,他是团长。"

"你叫我什么?"海亮厉声反问道。

土娃下意识地用手捂着嘴巴:"对、对不起,我又忘了!"

铁蛋不服气:"谁规定就必须听团长的?"

"我们举手表决吧,同意我的举手。"海亮率先把手举了起来。接着,水妹和土娃也都举手表示赞同。铁蛋哼了一声,把头扭向旁边。

水妹推了铁蛋一把:"你凭啥不同意?"

"铁蛋有权保留意见。"海亮说。

水妹说:"铁蛋要是不赞同海亮的办法,就不许他参加行动——"

铁蛋呼地一下把手举过头顶:"没说不赞同,我只是想了一下。"

土娃忍不住抿嘴偷笑。

几天后,躺在晒谷场石碾上晒太阳的黄皮子突然翻身坐起。他远远看见铁蛋和海亮抬着一个大藤筐走进村口。可能是筐里的东西太重,走不了几步他们就停下歇息。黄皮子好奇地走了过去,围着藤筐转了两圈,发现藤筐口被布盖得严严实实的,一点看不见里面装的是什么。

"啥宝贝呢?"黄皮子很好奇。

"要你管!"铁蛋没好气地说。

海亮看上去累极了,他抹了抹额头上的汗,突然问黄皮

第五章
秋阳姐率众打枪头

子:"想喝酒不?"

黄皮子舔了一下嘴唇。因为搞不清海亮的意图,他没敢立刻回答。

"你要是帮我们把这筐东西送到铁匠铺,我就找哑巴婶儿买坛酒送你。"

"海亮,你疯了吗?"铁蛋嚷道,"买一坛酒的钱可以找人搬十筐东西!"

海亮左顾右盼:"关键是现在找不到别的人呀!"

铁蛋拔腿要跑:"我去村里叫人。"

黄皮子急了,一把死死拽住铁蛋,转头问海亮:"你说话作数么?"

"我爷爷说过,我们海家人从来都是一口唾沫一口钉。"

黄皮子赶紧上前去搬藤筐,无奈他空长了一身懒肉,使出吃奶的力气才把藤筐搬动。他知道用手搬走不了两步就得歇息,于是让铁蛋跟海亮等着,自己跑回家找来绳子绑在藤筐上,然后非常吃力地背着慢慢往前挪动。

海亮拍拍他的肩膀,笑着说:"你必须亲自交给铁大爷,不许偷看里面的东西。"

黄皮子有些意外："你、你们不去铁匠铺？"

"我要去给你买酒啊！"

黄皮子半信半疑，但一坛酒的诱惑实在太大，他无法抵抗，只好姑且相信。用一坛酒请人搬一筐东西，这话从海家少爷嘴里说出来相对比较可信。

从村口到铁匠铺并不远，但黄皮子中途还是歇了两次。常年不下地干活的他，体力比村里其他青壮年差远啦。好不容易到了铁匠铺，黄皮子赶紧把藤筐重重放下，直起身猛喘粗气。

"铁大爷，东西给你送到了啊。"黄皮子说。

正在掏炉膛的铁大爷扭头瞥了一眼，疑惑地问："咋是你送来的？"

黄皮子赶紧表功："我在村口看见铁蛋跟海亮俩孩子抬不动，都一个村的，我哪好意思不搭把手，是吧？"

"谢了！累坏了吧？坐下喝口水。"

黄皮子心里惦记着海亮答应的那坛酒，找个借口便离开了。从铁匠铺出来，黄皮子直奔哑巴婶的酒坊。没走多远，就听见铁蛋在背后喊他："黄皮子，快过来领赏。"黄

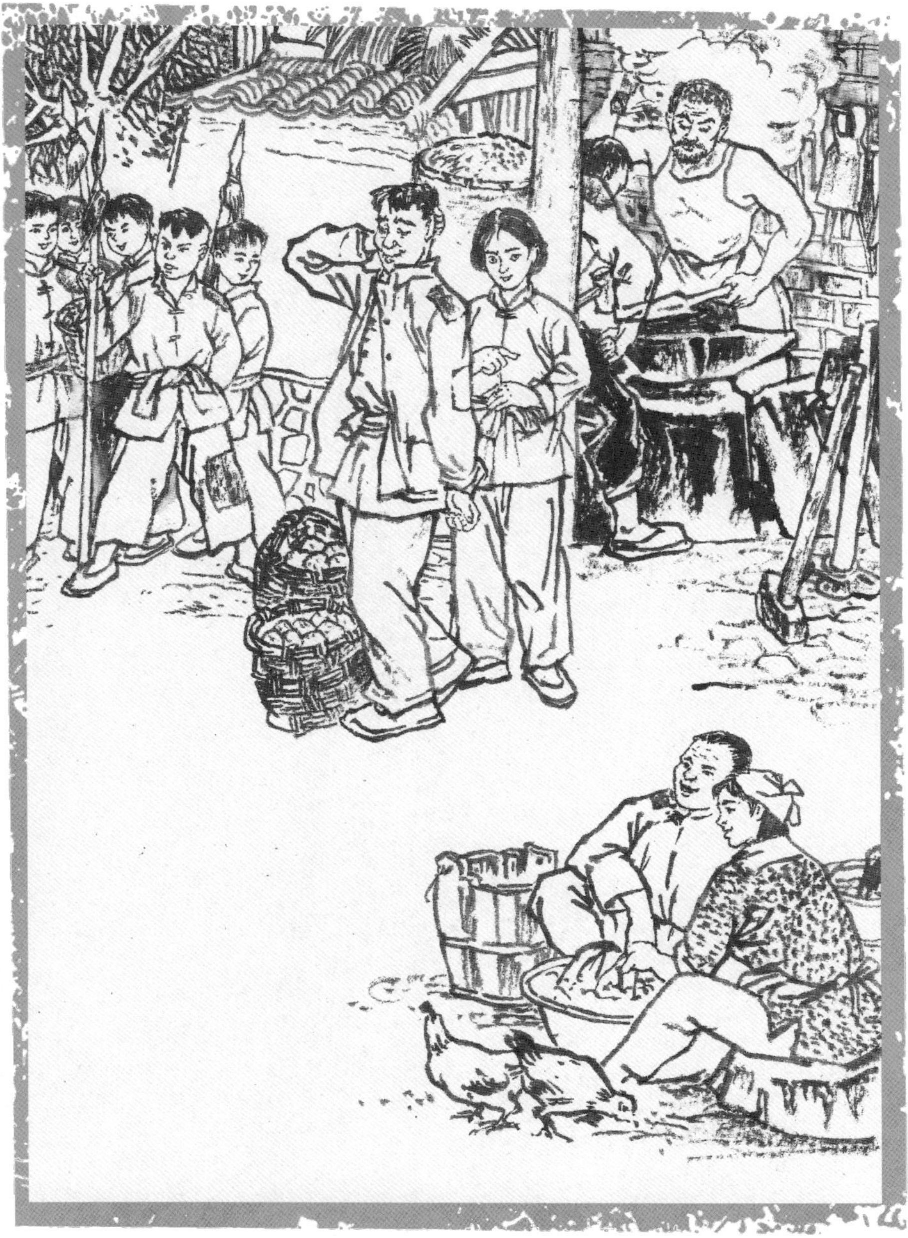

从村口到铁匠铺并不远,但黄皮子中途还是歇了两次。常年不下地干活的他,体力比村里其他青壮年差远啦。好不容易到了铁匠铺,黄皮子赶紧把藤筐重重放下,直起身猛喘粗气。

第五章
秋阳姐率众打枪头

皮子回头一看,见铁蛋跟海亮并排坐在沈清明家门口的垫脚石上。在他俩脚边,果然放着一个酒坛。黄皮子想快点走过去,结果腿一软,一个趔趄险些摔倒。

走到铁蛋和海亮跟前黄皮子反倒犹豫起来,寻思着该不该上前抱走酒坛,他担心被两个孩子给耍了。海亮看穿了他的心思,笑着说:"放心,我们决不会骗你。哑巴婶儿说这酒刚封坛,放几天再喝味道更好。当然,你要是嘴馋,回去马上就喝我也没办法。"

黄皮子连忙上前抱起酒坛,转身便走,就跟捡到个金元宝似的,乐得合不拢嘴。刚走两步他又回过头问:"那筐里究竟装的啥宝贝?"

"过几天你就知道了。"海亮答道。

黄皮子见海亮不肯说,也不再多问就离开了。铁蛋望着黄皮子的背影,仍旧不放心:"一坛酒就能封住他的嘴?"

"不光是一坛酒。最重要的是送了这筐东西,就表明他也参与了打造枪头的行动。"

"没错!那他肯定不敢去告密。"

海亮略微皱起眉头:"秋阳姐说我们可能担心过头

了。她说就算黄皮子没有参与打造枪头的行动,他也不会去告密。"

"为啥?"

"你忘了?上月日本人来村里抢粮的时候,黄皮子的娘被鬼子杀了。"

铁蛋这才反应过来。黄皮子结婚后就跟大哥分了家,他娘一直跟大儿子住一起。刚分家那会儿,黄皮子经常回去偷大哥家的东西换酒喝。最让他大哥无法原谅的是,他居然把大嫂陪嫁来的一只手镯偷去当了,当来的钱全都花在大烟铺里。因为这事,大哥一家跟他断了来往,逢年过节也不叫他回去吃饭。时间一久,大家都忘了他在红崖村还有亲人。

海亮猜得没错,游击队运来的铁料果然就存放到那个山洞里。每天根据铁大爷使用的量,再由秋阳姐组织人运送到铁匠铺。铁匠铺从早到晚响着叮叮当当的敲击声。铁蛋家原本冷清的院子,一下子变得热闹起来。老栓叔特意到岳丈家把土娃娘接了回来,秋阳姐让土娃娘带几个妇女专门给铁大爷和几个帮手烧水做饭。

第五章
秋阳姐率众打枪头

  土娃的姥爷年轻时去县城一家饭馆学烧菜，后来娶了饭馆老板的女儿，就是土娃的姥姥。后来军阀打仗，县城一会儿被这个军阀占了，一会儿又被另一个军阀占了，遭殃的总是百姓。土娃的姥爷和姥姥开的饭馆不是被反复征税，就是被散兵游勇吃霸王餐，总之经营不下去了，只好关张，夫妻俩便带着女儿回到乡下老家。再后来，经媒人介绍，把女儿嫁给了红崖村赶大车的马栓，就是土娃爹。
  土娃娘嫁过来的时候风光得很，爹娘给的陪嫁着实令人羡慕。土娃娘不光带来了丰厚的嫁妆，还带来了祖传的烧菜本事。就连海亮爹这种留过洋、见过大世面、吃过高级餐的人都说，土娃娘烧菜的手艺那叫一个绝！秋阳姐当然也清楚这一点，所以指定让土娃娘在打造枪头期间担任火头军。
  打造红缨枪头说起来简单，其实整个工艺流程相当复杂。游击队运来的铁料是粗料，需要先熔化提纯，去除杂质，再根据铁料成分添加不同配方，进行二次熔炼。接着便是运用老铁家的祖传技艺，经过千百次锤炼、锻打、复烧与淬火，最终才能打造出一支锋利无比的红缨枪头。好在燕青大哥给铁大爷派来的几个帮手，一个个身强力壮不说，还或多或少干过些相似的工作，比如在采石场擂过锤、掌过钎，干起活来简直没得挑。

  为了赶在伏击战之前完成任务，秋阳姐几乎把全村的人都动员起来了。运送铁料、洗衣做饭、轮流在山洞值班等等。所以，帮八路军和游击队打造枪头在红崖村不是秘密，而是一件大家踊跃参与的事。就连黄皮子有天也溜达到铁匠铺，问秋阳姐有没有什么他能干的活儿。秋阳姐趁机当着很多人的面，夸黄皮子是全村第一个帮忙运送铁料的人，号召大家向他学习。为了不打击黄皮子的积极性，秋阳姐故意安排两名在铁匠铺帮忙的游击队员住到黄皮子家，让黄皮子每天跟着两名队员到铁匠铺打杂，给他安排些力所能及的杂事，这样他就可以名正言顺地在铁匠铺蹭饭了。

  全村人齐心协力做同一件事，儿童团当然也没闲着。除了在村口站岗放哨、帮秋阳姐传话送信，每天还要爬到村东头的小土坡顶上，用燕青大哥借给秋阳姐的望远镜，远远地观察二鬼子在村道上设置关卡的情况。鬼子在李庄修了座炮楼，离红崖村只有几里路。鬼子最大的陇头沟据点，距红崖村也不到二十里。如果发现鬼子有异常动向，必须第一时间

第五章
秋阳姐率众打枪头

扳倒小土坡顶上那棵孤零零的"消息树",给村里报信,不然人员和物品都来不及转移。

日子一天天过去,一切都进行得很顺利,正当秋阳姐准备松口气的时候,铁蛋出事了。

第六章
蛮铁蛋险些闯大祸

红缨枪

对于儿童团的任务,每个孩子的兴趣点不同。土娃喜欢手持红缨枪在村口站岗,虽然他的红缨枪装的是铁蛋瞧不上的木枪头,但他觉得在村口把红缨枪往地上一拄,另一只手叉在腰间,迎风站立,神气极了!水妹喜欢帮秋阳姐传话送信,她理解力强,语言表达清晰准确,总能圆满完成任务。空闲时她还要帮娘往铁匠铺送酒。

那几个在铁匠铺帮忙的后生,听招呼,不吝啬气力,脑瓜子也灵活。如果他们不是游击队员,铁大爷还真想收两个当徒弟。铁大爷心疼他们从早干到晚,便让哑巴婶每天往铁匠铺送一坛酒给大伙儿喝,酒是好东西,能提神解乏。铁大爷说,酒钱先赊着,秋后一并结清。哑巴婶一听就火大,问铁大爷把她当啥人了?全村都在出力,为啥跟她把账算那么清?秋阳妹子不是号召有钱出钱,有力出力吗?她有酒当然也可以出酒啦!

铁蛋每天最喜欢做的事,就是爬到村东头小土坡顶上放哨。这个哨位是精心挑选出来的,趴在土坡上能看清四面八方的情况。幸好红崖村紧挨着东山,若再往西去,整个鲁西县就是一马平川,要想找到这样一个"制高点"还真不容

第六章
蛮铁蛋险些闯大祸

易。哨位立着一棵揪光了叶片的小树,根部用几块大石头固定着。一旦发现情况,就要立刻把小树扳倒发出消息。各村的掺望哨一看"消息树"倒了,会在第一时间转移村民和财产。

因为近来事情多,儿童团每次只能去一个人到坡顶放哨。为了便于观察,秋阳姐还特意问燕青大哥借来望远镜。铁蛋总抢着去放哨。他体力好,跑得快,胆子大,但性子野,做事情没恒心,在村里站岗没一会儿就哈欠连天。只有趴在坡顶玩望远镜,他可以玩很久都不腻。望望天,瞅瞅鸟儿,再看看在村道上设卡的二鬼子。赶上天好能看得很远很远,就可以瞄见李庄的鬼子炮楼。所以海亮派铁蛋去放哨的时候最多。

从望远镜里看出去,铁蛋发现地里玉米秧已蹿出地面有一尺高。这才刚入夏,过不了多久,它们就会长成一片绵延无边的青纱帐。每到盛夏时节,比大人还高出许多的玉米和高粱一株株、一排排、一片片迎风而立,密不透风,宛若列阵的士兵。随着一阵风儿刮过,帷帐般的青纱帐像漾起波浪,发出簌簌的声音。像铁蛋这种在北方平原长大的孩子,他们的童年记忆中一定不会缺少青纱帐。

连着十几天观察下来,铁蛋注意到一个很特别的情况。每隔两天就能看到一辆电驴子出现在村道上。海亮说那叫挎斗摩托车,有三个轮子,是鬼子常用的交通工具。车上通常坐着两三个人,看衣服就知道是鬼子。这辆摩托车总是晌午从县城方向开过来,到李庄炮楼停一会儿,留下一个大袋子,然后又开往岳家村方向。铁蛋知道,那边也有一座鬼子的炮楼。

看到的次数多了,铁蛋心里便开始寻思,这辆电驴子究竟是干啥的?给炮楼里送的那个袋子里装的又是什么?铁蛋想不透就只好回去问海亮。海亮歪着脑袋想了半天也没想出令自己信服的答案。"会不会是来送情报或者命令的?"铁蛋猜测道。

海亮摇头:"不会。炮楼里都有电话,用不着专门让人跑一趟。"

"啥叫电话?"

"以后你到县城里我爹的商行里一看就知道啦。"

连海亮都想不明白的事情,铁蛋更加好奇。他很想靠

第六章
蛮铁蛋险些闯大祸

近电驴子去看看,车上究竟有没有重要的情报。如果能搞到手,说不定会帮上八路军和游击队的忙,还能得到秋阳姐的表扬。铁蛋之所以有这种想法,是因为他发现要接近电驴子并非没有可能。电驴子从县城方向开过来,还没到李庄炮楼时,正好要经过一片甜瓜地。鲁西产的甜瓜汁水多、口感脆,而且成熟期比其他地方更早,一入夏就到了采摘期。骑电驴子的那个鬼子好像很喜欢甜瓜,每次经过瓜地时他都要下车,跑进瓜地摘一堆甜瓜放在车上。跟他同车的鬼子也会趁机下来,在瓜地里撒泡尿或者拉泡屎。

铁蛋掐算了一下日子,明天那头电驴子又该来了。铁蛋决定靠近电驴子去看看,但这事绝不能让海亮知道。第二天,借着去土坡顶放哨的机会,一瞅日头快到晌午了,铁蛋把望远镜藏好后,一口气跑到那片甜瓜地。也是让铁蛋赶上了,没多久那头电驴子就突突突开了过来。更巧的是,车上只有一个鬼子。

铁蛋心中大喜,赶紧趴在瓜地里,从瓜秧缝中偷偷观察着。那名从电驴子上下来的鬼子戴着钢盔,穿着大皮靴,看起来很年轻。他像往常一样,到瓜地里摘瓜放到车斗里,因为今天车斗里没坐人，可以放更多的瓜。来回十几趟，他总算用甜瓜把车斗填满了。但鬼子没打算马上离开，他砸开一个瓜，边啃边返身又钻进瓜地。

铁蛋知道时机到了。他慢慢爬起来，抱着事先摘好的几个甜瓜朝电驴子走过去，在确定钻进瓜地的鬼子暂时不会出来后，铁蛋急忙开始翻找起来，他的目标很明确，就是放在车斗里的那个布袋。铁蛋把压在上面的瓜搬开，把布袋拽出来藏到瓜地里，再回来把甜瓜放回车斗，用事先摘好的甜瓜将车斗填满，看起来没什么异样了，才跑回瓜地躲藏起来。

又过了一会儿，钻进瓜地的那个鬼子提好裤子出来了。他跨上电驴子，用手扶了扶车斗里的甜瓜，开着摩托离开了。铁蛋松了口气，他发现自己手心里全是汗。这是铁蛋第一次近距离看见鬼子，他心里自然怕极了。好在计划进展顺利，铁蛋赶紧抄近路把那个布袋背回村，向海亮炫耀自己的"战利品"。

哪晓得海亮一打开布袋就呆住了，他让铁蛋立刻去把秋阳姐叫来。铁蛋以为自己偷到了重要情报，激动得像有只小兔在心头蹦跶。谁知秋阳姐看了布袋里的东西后，满脸的笑

第六章
蛮铁蛋险些闯大祸

意眨眼工夫就跑没影儿了。

"秋、秋阳姐,咋、咋了?"铁蛋开始心虚了。

秋阳姐没有搭理铁蛋,因为铁蛋去叫她的时候,已经把事情的来龙去脉讲清楚了。秋阳姐问海亮:"你咋想的?"

海亮说:"这些东西对鬼子来说很重要,如果丢了,他们很可能派人出来找。离丢失地点最近的就是李庄和红崖村,如果鬼子闯到村里来,后果不堪设想!"

海亮的话铁蛋听得似懂非懂。既然袋子里是很重要的东西,那就应该是好事呀!怎么给他的感觉像是捡了个烫手山芋?看到秋阳姐跟海亮的表情异常严肃,铁蛋一声都不敢吭。

秋阳姐对海亮说:"要想阻止鬼子进村,最好的办法就是赶在他们出发前,把东西给他们送回去。你有办法没?"

海亮思忖着:"要是老栓叔在就好了。他往李庄的鬼子炮楼里送过粮食,让他把袋子送回去,就说是在路边捡到的,鬼子应该不会疑心。"

铁蛋忍不住问了一句:"我好不容易才搞到的,为啥要送回去?"

"你给我闭嘴！"秋阳姐的口气从来没有像今天这样严厉。

"要不……"海亮看了铁蛋一眼，"我跟铁蛋把东西送回炮楼吧。"

秋阳姐思考着，没有马上答应。

"秋阳姐，你不用担心，我觉得鬼子多半不会为难我们。袋子里的东西不是枪械弹药，也不是军事情报，我们就说是在路边捡到的，送回去向鬼子讨赏，他们应该不会起疑。"

秋阳姐犹豫着："鬼子心狠手辣，万一不肯放过你们，我没法跟你们的家人交代。"

"那就偷偷把袋子扔到炮楼附近。"

"那样更不行。鬼子会觉得我们在耍弄他们，到时进村杀人放火来泄愤，我们想阻止他们来的目的就没达到。"

事情往往很赶巧。大家一筹莫展的时候老栓叔从县城回来了。秋阳姐听说后急忙让春旺哥去把老栓叔请来，亲手将布袋交给老栓叔，一字一句教他见到鬼子后怎么说。老栓叔连连点头，一刻不敢耽误，赶着马车就出发了。秋阳姐还

第六章
蛮铁蛋险些闯大祸

不放心,让海亮跟铁蛋去坡顶放哨,如果炮楼里的鬼子有行动,马上给村里发信号。为保险起见,秋阳姐立刻带着春旺哥去铁匠铺布置,让大家做好随时转移的准备。

在去往坡顶哨位的途中,铁蛋忍不住问海亮,究竟出了什么事,他从没见秋阳姐紧张成那个样子。海亮告诉铁蛋,他从摩托车里拿回来的布袋,是鬼子的邮包,里面全都是从日本寄来的信件。对于身在中国的日本兵来说,家信无疑非常重要。邮包丢失了,鬼子首先会怀疑到红崖村和李庄的村民头上。现在鬼子狂妄到了极点,他们一定会恼羞成怒,跑到村里来抓人,逼着村民把邮包交出来。如果他们来到红崖村,万一发现了来不及运走的红缨枪头,那麻烦可就大了!

海亮说:"你现在知道秋阳姐为啥生气了吧?你搞回来的东西,对我们来说没啥用,但却是鬼子的宝贝。如果因为一包没用的东西把鬼子招来了,破坏了八路军和游击队的伏击计划,别说秋阳姐,我们儿童团也饶不了你!"

"你咋一看就知道里面都是从日本寄来的信?"

"因为我认识日本字呀!"

铁蛋再次惊住了。

铁蛋和海亮在坡顶哨位一直守到傍晚，才远远望见老栓叔驾着马车朝村子方向驶来。鬼子到现在都没有动静，说明老栓叔送回去的邮包起了作用。不管怎么说，总算化险为夷了。

老栓叔按照秋阳姐教的话告诉鬼子，说邮包是自己从县城回来时在路边捡到的，兴许是哪个"良心坏了"的人偷去后，发现里面没值钱的东西，就随手给扔掉了。老栓叔说自己瞧见信皮儿上都是日本字儿，所以就送到炮楼来了。鬼子见邮包完好无损，又是老栓叔主动送来的，而且以前老栓叔往炮楼里送过粮食，里面的鬼子见他面熟，也没为难他。

但这件事让海亮很生气，他要求铁蛋必须当着全体儿童团员的面，深刻检讨自己的错误。铁蛋辩解说，自己只是想从鬼子那里搞些情报，帮八路军和游击队打赢伏击战。海亮说："你的出发点没错，但不经请示就擅自行动，险些给村里带来灾难，就是天大的错误！"

水妹、土娃等人也七嘴八舌地批评铁蛋，怪他给儿童团丢了脸。铁蛋气得满脸通红，嘴唇咬得紧紧的，小胸脯像铁

第六章
蛮铁蛋险些闯大祸

匠铺的鼓风箱快速起伏着。过了一会儿,他突然把望远镜往海亮手里一塞,扭头跑走了。

"铁蛋,你去哪儿——"水妹高声问道。

"少管我!我再也不参加儿童团了!"从远处飘来铁蛋的回答。

海亮带着水妹、土娃等人,找遍了整个村子,也没瞧见铁蛋。海亮不放心,就去向秋阳姐求助。秋阳姐让海亮甭担心,她是看着铁蛋长大的。铁蛋虽然有点鲁莽、倔强,但他知道轻重。村子刚躲过一劫,这时候铁蛋绝不会再干傻事。海亮觉得秋阳姐分析得对,他也相信铁蛋不会再闯祸了,可铁蛋他究竟躲哪儿去了呢?

铁蛋还没记事时,他爹娘就跟人闯关东去了。说好等他们在那边安定下来就回来接儿子。谁知这一等就是八年。刚走的那些年还时不时托人捎个口信回来,最近几年简直就音信杳无。乱世之中什么事情都可能发生。铁大爷连最坏的结局都想到了,所以他从不在铁蛋面前提起儿子儿媳。铁蛋是在铁匠铺长大的,铺子里叮叮当当的敲击声,就是铁蛋成长的背景音乐。爷爷虽然很疼他,但这种疼爱是有缺失的。所以秋阳姐认定，铁蛋在儿童团这个集体中获得的幸福感和存在感是前所未有的，他打死也不会离开儿童团。

说起来铁蛋跟海亮之间的渊源就更深了。铁大爷一心想把祖传手艺传授给唯一的儿子，也就是铁蛋爹。哪晓得铁蛋爹刚成亲就被滚烫的铁水烫瞎了一只眼，不得不放弃继承祖业，成了海家的佃户。海亮娘在生海亮的时候难产死了，刚生下孩子的铁蛋娘就成了海亮的奶娘。此时，海亮爹正在日本留学。铁蛋跟海亮是喝同一个娘的奶水长大的，两人从小好得跟亲兄弟似的。几年前，海老爷去世了，海亮爹留学归来在县城开了商行，把海亮接去了县城。每年只有寒暑假和春节、清明等节日，海亮才会回村住些日子。这次如果不是鬼子把县城占了，海亮也不会回来。

虽然每年相处的日子不多，但并不影响铁蛋跟海亮的感情。今天因为"邮包事件"两人闹掰了，海亮心里很不是滋味。回家后，面对唐婶烧好的饭菜，海亮一点胃口都没有。往天只要海亮一回老宅，唐婶就不停在他耳边念叨，海亮总是想方设法躲着唐婶。但今天海亮有点跑神儿，刚喝了半碗汤他就坐在桌前发怔。

第六章
蛮铁蛋险些闯大祸

唐婶有些担心，伸手摸海亮的额头："少爷，多少吃点吧。你这些日子成天不落窝，可千万别生病！不然俺没法跟海先生交代！"

海亮突然问道："婶儿，铁蛋爹娘最近有没有托人捎信回来呀？"

唐婶摇摇头："俺没听说。也不敢去问铁大爷。"

"为啥不敢问？"

"前些年邻村来人请哑巴去瞧病，说家里人在关外得了重病，刚送回来。哑巴瞧完病回来就急着去找铁大爷。哑巴平时一整天憋不出个屁响，竟然跟铁大爷在铁匠铺唠了两个时辰。"

海亮也很好奇："他们都说什么了？"

唐婶撇撇嘴："村里人也想知道，可哑巴跟铁大爷打死都不肯说。后来黄皮子说，他那天赶巧从铁匠铺外面经过，不小心听到了哑巴跟铁大爷讲的话，说邻村从关外回来的那人讲，铁蛋的爹娘在挖矿时被埋在井下了，连尸体都没寻着。"

"黄皮子的狗嘴吐不出象牙！我才不信他的话呢！"

"我们也不信。可这些年铁蛋爹娘一点音信都没有,你说大伙儿会咋想?"

海亮腾地站起身,拔腿就想往外跑。唐婶一把拽住他:"我的小祖宗,你这是又要去干嘛?"

"铁蛋赌气藏起来了,我要去找他。"

"外头黑灯瞎火的,上哪儿找?再说铁蛋野惯了,这村子的犄角旮旯,哪个地方他不熟?用你去找?"

海亮挣扎着:"今晚要是找不着铁蛋,我就不睡觉!"

唐婶沉下脸,松开手,转身去拾掇桌上的碗筷:"院门我全都上锁了,有本事你翻墙出去。"

海家大院的围墙很高,虽然挡不住像蹿天猴一般灵巧的铁蛋,但对海亮来说却是无法逾越的障碍。海亮绕着大院走了一圈,实在不知怎样才能翻墙而出,只能"望墙兴叹"。

就在这时,从墙上飞来一颗小石子儿砸在海亮头上。海亮抬头看见铁蛋骑在墙头,正冲他招手呢。"海亮,你想出去吗?用不用我帮你?"铁蛋压低声音问。

海亮也低声说:"快进来!别让唐婶儿瞧见。"

两人进屋后,海亮赶紧掩上门。"你跑哪儿去了?害得

第六章
蛮铁蛋险些闯大祸

我们到处寻你。"海亮又气又急。

"我去你家的老油坊了。"

"去那儿干啥？学堂不是停课了吗？"

铁蛋说："我想去看看沈老师临走前留在黑板上的字。"

"你是说……宁做战死鬼，不当亡国奴？"

铁蛋点点头。

海亮问："咋就突然想着要去看黑板上的字？"

"我本来很生沈老师的气，怪他拿走了我的红缨枪。可看到黑板上的字我就在想，连沈老师这种根本不会使红缨枪的教书先生，也敢去跟鬼子干仗，我就打心眼里佩服！现在我想通了，不管谁拿走了我的红缨枪，只要是用它去杀鬼子，我一点都不怪他！"

"那你还要退出儿童团吗？"

铁蛋咧嘴一笑："才不会呢！我说的气话。"

海亮有些懊恼地拍了一下脑袋："我真笨！咋就没想到去学堂寻你。"

"你虽说是'小诸葛'，但有个人比你更聪明。"

"谁？"

"秋阳姐。她就猜到了,所以让春旺哥到老油坊去找俺,让俺来给你捎句话。"

海亮忙问:"是秋阳姐让你来找我的?"

"嗯。秋阳姐说,如果我不来,你怕是整晚都睡不好。"铁蛋笑着说。

"秋阳姐让你给我捎什么话?"

"秋阳姐让俺俩明儿一大早就去存放铁料的山洞,说有要紧的事商量。你猜猜看,会是啥要紧的事?"

海亮一摆手:"反正明天就知道了,我才懒得猜呢!你可以走了。"

"你这人真没劲!"

铁蛋说完正要离开,海亮突然叫住了他:"等等!"

"又咋了?"

"看在你辛苦跑来传话的份上,我给你看样宝贝。"

铁蛋忙问:"啥宝贝?"

"一会儿你就知道了。"

第七章
海仲文惊现红崖村

铁蛋的好奇心被彻底勾起来了。要知道海亮可是见过大世面的人，他不光住在县城，还坐过火车，到过济南。能被他称作宝贝的，绝不是普通的东西！铁蛋跟着海亮来到卧房里面的套间，这间屋子不大，也没窗户。屋里摆放着一高一矮两个柜子，矮柜子顶上放着一口木箱。铁蛋看着海亮踩在木凳上，用钥匙打开箱子上的铜锁，刚一揭开箱盖，铁蛋就闻到一股淡淡的香味儿。海亮说这口大木箱是用樟木做的，是他娘留下的东西。海亮踮起脚从箱底摸出一个布包。

"到底是啥宝贝？"铁蛋心里痒得跟猫抓似的。

海亮回到卧房，将布包放到书案上打开。紫褐色的包布打开后，里面是黄色的丝绸。黄色丝绸打开后，里面是一层油浸浸的牛皮纸。牛皮纸打开后，里面赫然是一把亮晃晃的——枪。这支枪式样很特别，比手枪长，比步枪短。有点像打猎用的火铳，但又比火铳精致得多，手柄上甚至雕着龙纹。更重要的是，整支枪都是金色的。

铁蛋小心翼翼地伸手摸了一下枪管："是用金子做的吗？"

"我爹说，只是表面镀了层金。"

第七章
海仲文惊现红崖村

"可以打出子弹吗？"

"当然可以。"

海亮从布包里翻找出一个小木盒，推开盒盖，里面整整齐齐并排放着5颗金色的子弹。

铁蛋问海亮："我能不能拿起来瞄一下准？"

海亮拿起枪递给铁蛋。铁蛋学着大人的样子，歪着脑袋，眯着一只眼睛，将枪口对准海亮。海亮一把将枪口推开："枪口不能对准自己人！"

"那我瞄哪儿？"

海亮指了指窗外悬在半空的月亮。

铁蛋调转枪口对准月亮，做出扣扳机的动作，嘴里发出砰的声音。

铁蛋爱不释手地把玩了很久，问道："能不能装颗子弹进去，让我打一回真枪试试？"

"想得美！"

铁蛋突然问："你家咋有这个宝贝？"

海亮说："俺娘嫁过来的时候，俺姥爷听说海家经常被土匪光顾，就在俺娘的嫁妆里放了这支金钩子，让她用来防身。"

"八路军正愁没枪呢,你咋不送给他们?"

"我也想过把它偷出来送给独立团,秋阳姐说,这支金钩子是特制的,仅有的5颗子弹打完就变成了废铁。先留着兴许还能派上别的用场。"海亮夺过枪,用油纸、黄绸和外布仔细包好,进里屋放回箱子后出来,叮嘱铁蛋,"这个秘密只有我跟我爹,还有秋阳姐知道,你可不许说出去。"

铁蛋点点头。

"你发誓。"

铁蛋举起手:"我要是跟别人讲了,随你把我开除出儿童团!"

两人击掌为誓后,铁蛋跑出海亮的卧房,穿过院子,爬上一棵槐树,从院墙顶上翻了出去。

第二天一大早,铁蛋跟海亮就来到山洞。秋阳姐已经等在洞口了,跟她在一起的还有燕青大哥和春旺哥。"燕青大哥——"铁蛋眉飞色舞地飞扑上前,手脚并用紧搂住燕青,就像藤蔓缠绕在树干上。

秋阳姐见状有些迷惑:"铁蛋,你咋跟燕队长变得这么

第七章
海仲文惊现红崖村

亲了？"

"因为他另有企图。"海亮说。

秋阳姐没懂。海亮解释说，赖勇大哥告诉铁蛋，燕青大哥是附近岳家村人，他耍红缨枪的水平在鲁西数第一。在八路军独立团，燕青大哥除了做侦察工作，还负责训练新兵。所以铁蛋想讨好燕青大哥，让燕青大哥教他使红缨枪。秋阳姐恍然大悟。

海亮让铁蛋赶紧松手，秋阳姐有正事要讲。

"啥正事儿？"铁蛋已经忘了来这儿的目的。

秋阳姐让大家席地而坐："燕队长今天专门过来，是因为伏击战的时间要提前，也就是说，我们必须提前把打造出来的枪头送到牙山——"

"游击队不是在茅山吗？"海亮插了一句。

"独立团的新兵集中在牙山接受战前训练。这次伏击战以独立团为主，所以必须优先保证他们的武器装备。"

铁蛋问："秋阳姐，枪头不是还没打够吗？"

秋阳姐说："五百支是预订的量，伏击战之前只需要送两百支过去。"

"那就赶紧送啊？还商量啥？"铁蛋已经开始着急了。

海亮瞥了铁蛋一眼："你动动脑子好不好？如果那么容易，秋阳姐和燕青大哥还用得着跟我们商量吗？"

燕青点点头："现在所有通往牙山和茅山的路都被鬼子封锁了，鬼子盘查得紧，不光搜身，就连运口棺材都要撬开来检查。要想把两百支枪头运到牙山，必须经过鬼子的陇头沟据点，我们到现在也没想出办法。"

"我有办法！"铁蛋脱口而出。

秋阳姐先看了海亮一眼，然后才望向铁蛋："说说看。"

铁蛋说他以前陪土娃赶了两头羊送去土娃姥姥家，刚好要经过二鬼子设的关卡。土娃怕带在身上的一支枪头被二鬼子发现，就用铁蛋教的办法将枪头藏在绵羊肚子底下，顺利骗过了二鬼子。所以铁蛋认为可以用同样的办法，把枪头送到牙山。铁蛋说完，很得意地看着秋阳姐和燕青大哥。

燕青不解地问铁蛋："送羊去姥姥家，干吗身上要带着枪头？"

"因为刚做好，土娃拿着到处炫耀，每天都带在身上玩儿。"铁蛋说。

第七章
海仲文惊现红崖村

看燕青仍不明白，海亮补充道："是木头做的枪头。"

秋阳姐思忖着："木枪头好藏，铁枪头重得多，路上掉出来咋办？一头羊能藏几支枪头？要多少头羊才能藏下两百支枪头？"

"要一百头羊。这法子行不通。"海亮说，"赶着一百头肥羊从鬼子眼皮子底下经过，就等于羊入虎口，有去无回！"

铁蛋说："你傻呀！不能分次送吗？每次只送一部分。"

"不行！送一次兴许能侥幸瞒过去，多送几次鬼子一定会起疑心。这样做风险太大。"海亮仍旧反对。

铁蛋盯着海亮，气鼓鼓地说："我说的法子不行，那你有什么好办法？"

海亮没吭声。

"你不也没有好法子吗？哼！亏你还叫'小诸葛'呢！"

秋阳姐说："'小诸葛'也不是无所不能。三个臭皮匠，顶个诸葛亮。海亮再聪明也只有一个脑袋，把你们儿童团的二十几个小脑袋凑到一起，一定会想出更多办法。"

海亮站了起来："秋阳姐，我跟铁蛋这就去叫大家到晒谷场开会。"

秋阳姐点点头。

铁蛋边走边回头看燕青:"燕青大哥,你去俺家吃午饭呗。"

"这回怕不行,老徐还等我回话呢。"燕青说。

听燕青提到老徐,铁蛋立马不吱声了。虽然没见过本人,但老徐这两个字早已如雷贯耳。听秋阳姐说,老徐是独立团的政委,特有学问,年轻时在北平念过大学。这次伏击鬼子的想法也是老徐提出来的。老徐说,自打韩复榘连续放弃了济南、泰安和济宁等地,将山东省拱手让给鬼子后,敌人的气焰一天比一天嚣张,老百姓心里既愤怒又惧怕。在这种时候,必须找机会给鬼子迎头痛击,才能让国人重振信心。

晌午过后,海亮把小伙伴召集到晒谷场,叫大家一起想办法,看怎么才能把红缨枪头运到牙山。土娃一听就把脑袋摇得像拨浪鼓,连声说:"秋阳姐他们都没办法,我们更想不出来。"

"连想都没想,咋就知道想不出来?"水妹瞪着土娃。

第七章
海仲文惊现红崖村

"爹总骂俺脑子笨,你们想吧。"土娃挠着头咧嘴笑了。

水妹哼了一声:"你不是笨,是懒!"

"我才不懒呢!我在家总帮娘干家务,还喜欢跟着俺爹学做木工活儿。"

海亮说:"不爱动脑子也叫懒。"

"别说那些没用的啦!赶紧想办法吧。"铁蛋显得很不耐烦。

孩子们都不再说话了,有的躺在石碾上,瞅着天上发呆;有的坐在地上,拿着小木棍儿低头划来划去;有几个女孩子没事干,把红缨枪的缨穗编成发辫的样子。海亮见状觉得继续傻坐在这里没意义,正要让大家解散,就看见铁蛋在石碾上突然站了起来,用手一指:"海亮,快看!你爹回来了。"

海亮扭头一看,老栓叔赶着马车已进了村口。土娃急忙跑上前去迎。在场的孩子呼啦一下全都跟了过去。

海亮家有好几挂马车,带车舆的就一辆。这辆车平常只在县城里跑,只有逢年过节海亮父子返乡时才能在村里见到,所以孩子们感到很新鲜。铁蛋看见这辆车后的第一反应，就是海亮爹回来了。见孩子们围了过来，老栓叔怕伤着孩子，赶紧喝令辕马站定了。

"去去去，别挡道。"老栓叔摆手驱赶。

就在这时，车舆的门开了。老栓叔急忙跳下车，端着踏脚凳朝车尾跑。还没等他放好踏脚凳，海亮爹已经从车上跳了下来。

海亮爹叫海仲文，他个子很高，身材瘦削，乌黑油亮的头发梳得一丝不苟。让海亮感到诧异的是，爹居然是一身西装革履打扮。在海亮印象中，每次回村爹都要换上长衫布鞋，免得让乡亲们感到生分。今天咋连衣服都没来得及换就回来了？莫非有啥急事？

海仲文笑着摸摸孩子们的脑袋，吩咐老栓叔把他带回来的点心啥的给孩子们分一分，然后赶紧回家歇息。他让儿子陪自己在村里走一走。听说有吃的，孩子们的注意力全都被吸引过去了。只有铁蛋一直默默跟在海亮父子身后。

铁蛋不远不近地跟着海亮父子，很快就被海亮发现了。"你偷偷跟着我们干啥？"海亮站下来问。铁蛋辩解道：

第七章
海仲文惊现红崖村

"我没跟。路又不是你家的,兴你走我就不能走啊?"海仲文笑笑,招手示意铁蛋上近前来。铁蛋犹豫一下,慢腾腾走了过去。

"你爷爷近来身子可还好?"海仲文问。

铁蛋点点头。

海亮抢着说:"铁大爷身子骨硬朗着呢!饭量和酒量也大得吓人。哑巴婶儿跟土娃娘都说,照这么下去,铁大爷能活一百岁。"

"那太好了!铁蛋,我给你爷爷带了两瓶东洋酒回来,不知他喝不喝得惯。"海仲文把手搭在铁蛋肩上,"你去叫马栓大哥把车上放的两瓶酒给你,我现在就去看看铁大爷。"

铁蛋哎了一声正要掉头回去,海亮一把揪住他的衣服:"先别急,我们晚一点儿再去看你爷爷。"

海仲文说:"这个点儿去不正好吗?你回老宅叫唐婶儿炒俩菜端到铁匠铺,我陪老爷子喝两盅。"

"铁、铁大爷这会儿兴许午睡还没起来呢。"

海仲文似信非信地看了铁蛋一眼:"……是吗?"

铁蛋见海亮冲自己直眨眼，只好点点头。

"好吧。那我们就在村子里随便走走。"

"爹，咱还是先回家吧。我从县城回来的时候你不是说，一回来就要检查我的课业吗？"

海仲文笑道："秋阳老师也回村了，有她盯着，你还敢偷懒？"

海亮说："我的课业完成得再好，秋阳姐顶多表扬几句。你就不一样啦，你要是满意的话，我可以从你这儿得点实惠嘛。"

"哈哈哈！看来你是笃定我会满意喽？"海仲文笑出声来，"说吧，想要什么实惠？"

海亮把脑袋一歪，装作思考的样子："嗯……你容我想想。"

海亮趁父亲不注意，故意放慢步子，凑到铁蛋耳边小声又快速地说："马上去报告秋阳姐！我先把我爹哄回家。"

铁蛋一愣，没明白。

"快去！把我的话一字不落地学给秋阳姐听！"

铁蛋不敢怠慢，一口气跑到秋阳姐家，见秋阳姐正低头

第七章
海仲文惊现红崖村

在炕桌上写着什么。"秋、秋阳姐,海、海亮他……"铁蛋累得上气不接下气。

秋阳姐心头一凛,忙问:"海亮他咋了?"

铁蛋停顿片刻之后,把海亮的原话一字不差地转告给秋阳姐。秋阳姐若有所思地点点头。

"秋阳姐,海亮啥意思?他明明知道俺爷爷没有睡午觉的习惯,为啥要骗海叔?"

秋阳姐思忖着说:"海先生突然回村,海亮不知道打造枪头这件事能不能让他爹知道,所以先拦下海先生,不让他直接去铁匠铺,然后叫你过来传话,让我来决定有没有必要暂时停止打造枪头。"

铁蛋这才明白海亮的用意,他忍不住感慨道:"海亮真够意思!连自己亲爹都信不过!"

"不是信不过,是不知道该不该信。"秋阳姐纠正说。

铁蛋忙问:"秋阳姐,你觉得海叔该不该信?"

秋阳姐没回答这个问题,只是让铁蛋今天先替海亮去检查一下儿童团站岗放哨的情况,因为海亮多半要留在家里陪他爹。秋阳姐边说边收起炕桌上的东西,说她马上去铁匠铺跟大伙儿商量一下。

铁蛋去村口看了看站岗的小伙伴,然后跑去酒坊找水妹。水妹不在家。邻居说水妹跟哑巴婶到邻村去送酒了。铁蛋只好去找土娃。土娃正在帮老栓叔更换辕木。土娃娘坐在院子里拾掇一堆刚从地里刨出来的青菜。

铁蛋见土娃很吃力地扶着辕木,急忙上前搭把手。"车不是好好的吗?咋总见你爹在修?"铁蛋问。

土娃说:"俺爹早就想换辕木了,怕误了海叔的事,一直拖到现在。"

"现在就不怕误事了?"

"俺爹说,海叔这次回来兴许会多住些日子。"

土娃娘大声问:"他爹,不年不节的,海先生咋突然回村了?"

"东家的事,俺哪知道。"老栓叔不紧不慢地应道。

土娃娘又问:"该不是听见点风声了吧?"

"啥风声?"

"咱村打造枪头的事呀。"

老栓叔瓮声瓮气地应道:"俺没提过,也没听东家说。"

第七章
海仲文惊现红崖村

"你就是块木头！你能知道啥？"土娃娘没好气地站起来，用草绳将拾掇好的青菜捆扎好，拎起准备出院子。快到饭点儿了，她也该去铁匠铺帮忙做饭了。

土娃娘走后，铁蛋在土娃家等到老栓叔差不多把辕木换完了，才给土娃递了个眼色，然后大声说："老栓叔，海叔让俺来取他给俺爷爷带的酒。"

老栓叔从车里拎出一个布袋递给铁蛋，铁蛋撑开袋口看了一眼，里面放着两个印着东洋文字的纸盒。铁蛋跟老栓叔道别的时候，给土娃递了个眼色。土娃连忙看了他爹一眼。老栓叔朝他摆摆手，意思是你去吧，这儿不用你帮忙了。

"你叫俺出来有啥事？"走出院门，土娃低声问铁蛋。

"秋阳姐说，村里打造枪头期间，不许陌生人进入。你说，海叔算不算陌生人？"

土娃吃惊地瞪大眼睛，他压根儿没想过这问题："海、海叔他、他不也是咱村的人吗？"

"他是咱村的人，可他不住在村里。而且，他还跟鬼子做生意。"

"可、可哑巴婶儿也卖酒给炮楼里的鬼子呀！"

"那不一样。"

"咋不一样？"

铁蛋被土娃问住了。土娃告诉铁蛋，他爹在家经常念叨海叔的好，说海先生喝过洋墨水，明事理，讲诚信，从不亏待下人。铁蛋突然想起一件事，沈清明老师刚回村办学堂的时候，村里有好些人家怕交不起学费，都不敢给孩子报名。沈老师就挨家挨户去动员，说孩子念书不用交钱，因为海先生每月会付给他薪水。村里人都说，海先生做了件行善积德的大好事。这么说来，海叔兴许不算坏人。

"好了，俺知道了。你回吧。"铁蛋撂下一句话，扭头就跑。等他拎着布袋回到铁匠铺的时候，海亮跟他爹已经到了。

海亮爹跟铁大爷面对面坐着。铁蛋留意到，游击队派来给爷爷当帮手的那几个人不见了，土娃娘等人也没影儿了，墙角堆放的铁料和枪头也藏起来了。院子当中支了张小桌，桌上放着两盘荤菜和一碟油炸花生米。海叔从铁蛋手里接过布袋，将两个纸盒拿出来，又从纸盒里取出两个形状有点奇怪的玻璃瓶。不用说，这就是海叔从县城带回来的东洋酒。

第七章
海仲文惊现红崖村

秋阳姐在海亮的帮助下，把碗筷摆放好之后，招呼俩孩子一同入座，说自己再去炒两个素菜。铁大爷谦恭地对海亮爹说："你是县城里有头有脸的人物，每次回来都惦记着来看我这个老头子，真是承受不起。"海亮爹给铁大爷敬酒，说海亮是喝铁蛋娘的奶水长大的，海亮也是铁大爷的半个孙子。铁家对海家的这份恩情，他会记一辈子。

几杯酒下肚，铁大爷的话也多了起来，他主动提到了铁蛋的爹娘，说儿子儿媳这些年断了音信，估计是凶多吉少。海亮爹安慰说，乱世之中，很多人都身不由己，他们或许暂时不方便跟家里人联系。等世道安稳下来，说不定哪天他们突然就回来了，没准儿还会给您老再带几个孙子孙女回来呢。

海亮爹说这话的时候，秋阳姐端着炒好的素菜正从厨房里出来。把菜放下后，秋阳姐也挨着铁蛋坐下。

"海先生，我冒昧问一句，您这次回来是不是有别的事？"秋阳姐直截了当地发问。

海亮爹看了看两个孩子，欲言又止。

秋阳姐说："他们都不小了，村里的事我从不瞒他们。您但说无妨。"

第八章
燕大哥摇身变车夫

海亮爹告诉秋阳姐，他之所以急着赶回来，是因为刚从县城保安大队打探到一个消息，说日本人得到密报，八路军独立团的主力藏在神仙岭，日本人正暗中调集兵力，准备偷袭神仙岭。他听到这个消息后焦急万分，可又不知道该把消息传递给谁。思来想去，他才决定回来告诉秋阳姐。

海亮爹的话几个孩子都听懂了，他们不敢插话，只是直勾勾地盯着秋阳姐，不知道她会如何作答。

秋阳姐微微一笑："海先生怎么就断定我能把消息传递给八路军独立团？"

海亮爹如实答道："你在县城教书的时候，给海亮讲的那些话，还有你引导他读的那些书，让我坚信你绝不是一个普通的老师。我虽然对政治不关心，但有一点我很清楚，在民族生死存亡之际，需要有人站出来振臂一呼！韩复榘的几十万军队不战而退，让日本人不费吹灰之力就占领了山东省。共产党虽然势单力薄，却一直坚持对日作战。我觉得你们才是中国的希望所在。"

"海先生过谦了。您说自己不关心政治，但您却对时局

第八章
燕大哥摇身变车夫

看得异常清楚。不赶走日本人,老百姓就没好日子过。"

海亮爹点点头:"如果你信我的话,就拜托你尽快把消息转告八路军独立团,千万不能让鬼子偷袭得手。"

"谢谢您!我会尽快把这个重要消息报告给我的上级组织。"

海亮爹如释重负般地舒了口气,再次端起酒杯:"铁大爷,您老人家一定要好好保重!等赶走了日本人,我就把您接到县城去过几天舒坦日子,替铁蛋的爹娘给您养老。"

铁大爷朗声笑道:"那感情好!我还想看着铁蛋长大了娶媳妇呢!"

"我才不娶媳妇呢!我长大了要参加八路军。"铁蛋大声说。

海亮故意问铁蛋:"你干吗要参加八路军?"

"打鬼子呀!"

"鬼子都被赶出中国了,你上哪儿去打?"

看到铁蛋傻眼的样子,大家都忍不住笑出声来。

秋阳姐在接下来的闲聊中,故意不经意地告诉海亮爹,村里正在为八路军和游击队打造红缨枪头。自打县城被日本人占领后，各村很多青壮年都参加了八路军和游击队。现在面临的最大困难就是缺少武器弹药，只要熬过了这段最艰难的日子，抗日的队伍一定会越来越壮大。此消彼长，相信一切都会慢慢好起来。海亮爹也表示，这些年他在县城积攒了些人脉，如果有用得着他的地方，他定会竭尽全力。

这个晚上海亮爹跟秋阳姐聊得很愉快。他们之前虽说都在县城，秋阳姐还是海亮的老师，但彼此难得碰上，更别说像现在这样坐在一起推心置腹。铁蛋跟海亮一直在安静地旁听，偶尔插几句嘴，问几个他们没想明白的问题。他们第一次搞明白了日本人侵略中国的意图，以及国民政府为何没能凭借黄河泰山天险，组织起对日军的有效抵抗。秋阳姐的话让两个孩子听得更是热血沸腾。秋阳姐说，八路军和游击队就像火种，眼下还只是星星点点，但星星之火，终会成燎原之势。共产党人为了这火种不灭，已做好了前仆后继的准备。

海亮爹说，以前的县长早就吓跑了，日本人来了之后组建起伪政府，勒令学堂复课、店铺开张。谁也不知道仗还要打多久，但日子总得继续下去。他这次回来除了给秋阳姐报

第八章
燕大哥摇身变车夫

信,还打算把海亮接回县城念书。可海亮不肯走,说什么国难当头,他没法安安心心坐回课堂念书。他要留在村里,为抗日尽一份力。海亮爹希望秋阳姐能帮他劝劝儿子,毕竟海亮最听秋阳姐的话。

秋阳姐让海亮爹给儿子一点时间,容他慢慢想。等忙过这阵儿,村里的学堂也要恢复上课。她哥哥沈清明参加了游击队,以后就由她给孩子们教课。即便条件再艰苦,也不能耽误了孩子们的课业。将来建设国家的重任,势必会落到他们肩上。正如梁启超先生所言:少年强则国强,少年进步则国进步。

海亮爹原打算在村里多住几日,可看到全村上下都忙着打造红缨枪头,他担心自己留下来碍事,所以决定第二天吃过午饭就回县城。海亮爹没有坚持要海亮跟他一道走,只是叮嘱儿子要听秋阳姐和唐婶的话,不可放松课业。若得空闲,他就会回来看儿子。临走前,海亮爹特意去跟秋阳姐辞行。秋阳姐正在晒谷场给妇救会的一帮妇女派事,海亮爹远远地站着等候。秋阳姐安排妥当之后,朝海亮爹走过来。

"海先生,听土娃说您马上要走?咋不多住些时日?"

"我留在村里也帮不上啥忙,再说商行还有一大摊子事。"海亮爹说,"秋阳老师,海亮就拜托给你了,只是……"

"有什么吩咐您尽管说。"

"神仙岭那边……不会出什么事吧?宁可信其有,不可信其无。你们可千万别掉以轻心。"

秋阳姐说:"我昨儿连夜就把您带回来的消息传出去了,您放心吧,跟鬼子捉迷藏是八路军的拿手好戏。"

海亮爹终于如释重负:"那就好。"

秋阳姐把海亮爹送到村口,老栓叔已经套好车等在那里了。海亮爹跟秋阳姐道别后刚要登车,就听见远处传来海亮的叫声:"爹——"

海亮跟铁蛋手持红缨枪跑了过来。今天轮着他俩站岗。海亮把手里拿着的一个信封递给海仲文:"爹,你帮我看看上面都写的什么,我认不全。"

海亮爹接过来仔细看了看:"这是从日本九州寄来的信,收信人叫秋山元。他服役的部队就驻扎在我们这里。寄信的人是他妻子。"

第八章
燕大哥摇身变车夫

"信封背后的字呢？"海亮问。

海亮爹把信封翻过来看了一眼："哦，这是县城负责分拣信件的人留下的，写的是'陇头沟'和'军曹'，这个叫秋山元的人大概是陇头沟据点的军曹。"

秋阳姐问："这封信你们是从哪儿搞到的？"

铁蛋说，上次他把邮包扛回村的路上，邮包里掉出这封信，他当时就随手揣在怀里带回家了。把邮包交给秋阳姐的时候，忘了怀里这封信。今早在炕头瞅见，就拿来交给海亮。海亮说，信封里有一个像硬纸片的东西，很可能是相片。他不知道该怎么处理这封信。

海亮爹沉吟一下："这样吧，过两天商行正好要往陇头沟据点送粮食，我让马栓大哥顺道捎去，就说是在去的路上捡到的。"

秋阳姐问："海先生，您的商行定期要给陇头沟据点送粮食吗？"

海亮爹苦笑了一下："按说我们商行只需把粮食送到县城的日军仓库就行，但陇头沟据点比较偏远，日军的补给车被袭击过两次，他们现在学聪明了，要求我们必须把粮食送到据点,他们才会付钱给商行。"

"原来是这样。"秋阳姐若有所思。

海亮爹离开后,秋阳姐也走了,村口就只剩下铁蛋跟海亮。不知为啥,海亮今天显得有点心不在焉,他一直坐在地上望着东边那片林子发呆。铁蛋倒是情绪高涨,喜不自禁,因为昨天秋阳姐批准他在打造出来的枪头里挑一个留下自用。铁蛋请老栓叔用白蜡木给他做了一根枪杆,再装上水妹送的缨穗,新的红缨枪漂亮得让铁蛋找不到词儿来形容。昨晚铁蛋搂着红缨枪美美地睡了一觉,还梦见沈清明老师手持红缨枪跟鬼子拼刺刀呢。

"海亮,你咋了?舍不得你爹走吗?"铁蛋问。

海亮没理会铁蛋,继续发呆。

铁蛋又问:"秋阳姐说,八路军最缺的就是武器,你咋不给海叔说,让他把家里的金钩子送给八路军?"

海亮仍没回答。

"秋阳姐说,俺村好些人为了打鬼子,连命都丢了,你这个儿童团长,不会连一把枪都舍不得吧?"

"你少烦我行不行?"海亮罕见地发了火。他腾地站起

第八章
燕大哥摇身变车夫

来，走到旁边，歪着脑袋在想着什么。

铁蛋也生气了："你嫌我烦，我还不想跟你一起站岗呢！"

海亮说："站岗是儿童团的任务，你再不想站也得站！"

铁蛋气鼓鼓地盯着海亮，突然一扭头跑走了。任凭海亮在背后怎么叫他都没有停下来。

铁蛋回到家，找了块砂石，蹲在炕上把红缨枪头磨得锃亮。他一边磨一边生闷气，嘴里念叨着海亮不讲义气。自己什么话都跟他讲，可他心里在想啥却不肯告诉自己。铁蛋暗暗发誓，以后海亮再想让自己教他耍红缨枪，哼，门儿都没有！铁蛋坚信，海亮站完岗就会来找他。铁蛋甚至想好了，海亮来的时候一定不要马上给他开门，非得等他至少喊三次才开门！

眼瞅着日头偏西了，隔壁铁匠铺里的敲击声、碰撞声、说笑声和打闹声融成一片，铁蛋在房间里却感觉被一种可怕的孤独包围着。铁蛋几次从炕上蹦下来，踮起脚尖透过窗棂朝外看，但院子里始终空无一人。铁蛋越想越气：好你个海亮！明明知道我生气了也不来找我！亏我刚才还想把磨得铮亮的枪头换给你！哼！我数三下，如果我数完你还不出现，我绝不把枪头换给你！

铁蛋躺到炕上，怀里抱着红缨枪，闭着眼睛开始数数。他数得很慢，生怕数到3海亮还没来……数着数着，铁蛋竟睡着了。

"铁蛋——"院门被推开的同时，土娃的声音钻进铁蛋的耳朵。

铁蛋像弹簧一样从炕上蹦了起来，用最快的速度拉开虚掩着的房门："我在这儿呢！"

门开了，外面已经很黑了。但铁蛋看得很清楚，门外只有土娃，没有海亮。

"是海亮让你来找我的吧？"铁蛋抓起红缨枪就往外跑。

"不是，是秋阳姐叫你马上去老油坊。"土娃仄着身子让过铁蛋。

铁蛋跑出几步后，发现土娃没有跟来，便停下来催促："你咋跟水妹家的那头老黄牛似的，走那么慢，急死

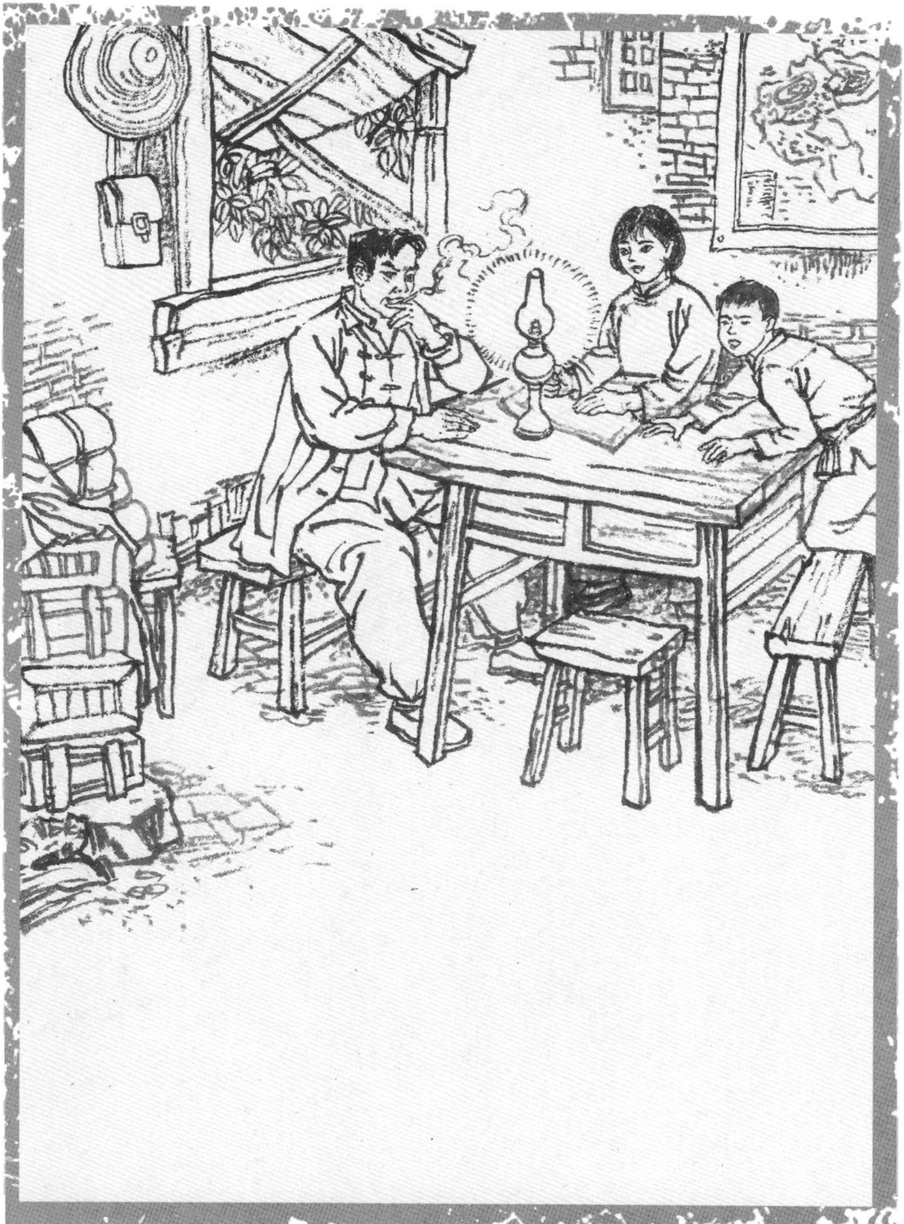

铁蛋顾不上多想,不歇一口气地跑到学堂。教室中间的一张桌子上放着一盏马灯,亮得晃眼。海亮、秋阳姐和燕青大哥围灯而坐。

第八章
燕大哥摇身变车夫

个人!"

土娃答道:"秋阳姐只让我来叫你,没让我去。我要回家了。"

铁蛋顾不上多想,不歇一口气地跑到学堂。教室中间的一张桌子上放着一盏马灯,亮得晃眼。海亮、秋阳姐和燕青大哥围灯而坐。见到燕青大哥,铁蛋很是意外,因为这是燕青大哥第一次进到村里来。铁蛋本想扑上去跟燕青大哥腻歪几下,可当他注意到坐在教室里的三个人表情都很严肃,铁蛋不禁心头一紧,不敢放肆,动作也变得拘谨起来。他很不自然地跟秋阳姐和燕青大哥打了声招呼。

"坐吧。"秋阳姐对铁蛋说,"叫你来是要商量一下运送枪头的事——"

铁蛋眼睛一亮:"秋阳姐,你想出办法了?"

"不是我想出来的,是海亮的主意。"

铁蛋转头看了海亮一眼,不明白他为何没有最先告诉自己。不等铁蛋多想,燕青大哥开口了:"我今天过来就是要商量运送枪头的事。刚听完海亮这个想法,说实话我很吃惊。这个想法太大胆,也太冒险。可仔细一琢磨,又觉得似乎还是可行的。"

"海亮,你到底给秋阳姐和燕青大哥出的啥主意?"铁蛋问。

海亮说:"我爹的商行过两天要往陇头沟据点送粮食。以前在县城的时候我见过,每次老栓叔都押着满满两车粮食出发。我估摸着一挂车上咋说也装了五十袋粮食。如果把装枪头的袋子混在当中,就能顺利送进鬼子的据点——"

"你是不是吃错药了?鬼子巴不得你把枪头送给他们呢!"铁蛋说。

秋阳姐阻止道:"铁蛋,你先听海亮把话说完。"

铁蛋赶紧闭嘴。

"等枪头送到陇头沟据点后,我们再想办法把装枪头的袋子换走,这样就把枪头运进山了。"海亮说完后,问了铁蛋一句,"听懂了吗?"

铁蛋摇摇头。

秋阳姐似乎并不在意铁蛋听没听懂,她对铁蛋说:"不懂的地方,下来后让海亮慢慢给你解释。叫你过来,是需要你跟海亮去趟县城。"

第八章
燕大哥摇身变车夫

"好呀！我还没去过县城呢！"铁蛋很兴奋，"秋阳姐，我们啥时动身？"

"明天一早。我跟铁大爷已经说好了。"

铁蛋转念一想："可老栓叔没在村里，俺俩走着去吗？"

海亮说："燕青大哥赶车送我们。"

"那俺俩去县城的任务是啥？"

秋阳姐没有回答，却反问道："你是儿童团员，你今天的任务是什么？"

"……在村口站岗、放哨呀。"

"你今天完成任务了吗？"

铁蛋一时语塞，没有作答。

秋阳姐的语气变得异常严肃："你总说长大后想当八路军，那你告诉我，要成为一名优秀的八路军战士，最要紧的是啥？"

"……勇敢，不怕死。"

"还有吗？"

"嗯……枪打得准，能杀死很多鬼子。"

"还有吗？"

铁蛋答不上来了。

秋阳姐提高了声音："你记好了，要想成为一名了不起的战士，最重要的是服从命令听指挥！上次你扔下在坡顶放哨的重要任务不顾，擅自去偷鬼子的邮包。今天站岗的时候，又跟海亮赌气，说走就走，这些都是非常严重的错误，你明白吗？"

铁蛋低下了头。

"如果你去偷邮包的时候，鬼子突然袭击红崖村，就因为你没及时发出信号，我们打造枪头的任务完不成不说，很可能还会搭上全村人的性命！你想过后果吗？"

铁蛋一言不发。

秋阳姐继续说："海亮跟你一块儿长大，他不光是你的好朋友、好兄弟，他还是全体团员推选出来的儿童团长。你不能动不动就冲他发脾气、跟他闹别扭。只要他说得对，你就必须按他说的去做。如果你下次再犯同样的错误，我就只能请你暂时离开儿童团了，知道了吗？"

因为当着海亮和燕青的面，铁蛋觉得脸上挂不住，倔脾气又上来了，他拗着不吭声。

第八章
燕大哥摇身变车夫

"你不吭声,说明你心里还没想通。你现在到外面站一会儿,啥时想明白了啥时再进来。"

秋阳姐的口气不容置喙。铁蛋扭头走出教室。

"秋阳姐——"

"你先别说话。"海亮刚开口,就被秋阳姐制止了。

燕青大哥看了看教室门外,低声问秋阳姐:"这小倔驴该不会跑走吧?"

"跑了就不是铁蛋了。"

"你……也别太严厉了,毕竟是孩子嘛。"燕青大哥笑着说。

"铁大爷说,好铁是靠千锤百炼敲打出来的。"

教室里的三个人都不再说话。约莫过了十几分钟,铁蛋从外面进来了。他径直走到秋阳姐跟前:"秋阳姐,我想通了。我不该赌气离开哨位……我、我保证以后不会犯同样的错误了……"

燕青大哥笑着摸摸铁蛋的后脑勺:"你不是想学红缨枪法吗?等完成了运送枪头的任务,我一定教你。"

铁蛋使劲点点头。

秋阳姐给铁蛋交代:"你的任务是替海亮打掩护,他让你咋做你就咋做。"

铁蛋看了海亮一眼:"这回去县城,我都听你的。"

海亮突然擂了铁蛋一拳。铁蛋先是一愣,随即也还了一拳。两人就这样拳来拳往,打着打着就笑了。

第二天早上铁蛋醒来,发现天色已蒙蒙发亮。铁蛋坐在炕沿,还没蹬上鞋子就蹦跳着来到院门外,看见燕青大哥正在给辕马刷毛。"起来了?"燕青大哥问话的时候连头都没回。

铁蛋说:"燕青大哥,我去叫海亮,他一准儿还在睡懒觉。"

"说谁睡懒觉呢?"铁蛋一抬头,看见海亮背着手从马屁股后面走出来。

铁蛋对海亮说:"等一下,我去厨房看看有啥吃的,带路上垫垫肚子。"

"唐婶儿早替我们备好了,快上车吧。"

马车很快就来到了村外乡道。铁蛋问燕青大哥这挂马车是谁家的,大辕马瞅着比老栓叔的那匹还更壮实,毛色也更

第八章
燕大哥摇身变车夫

亮。燕青大哥说是春旺兄弟从他们村借来的。铁蛋问燕青大哥："春旺哥咋不参加八路军呢？我要是跟他一般大，我肯定不会留在村里！"燕青大哥笑笑："革命工作分工不同，春旺的任务是协助秋阳老师，这份工作也非常重要！"铁蛋对燕青大哥说："没想到你赶马车的手艺还不赖。"燕青大哥笑着说，他也是庄稼人出身，参加八路军之前给大户人家喂过牲口。

铁蛋突然问："燕青大哥，你跟秋阳姐谁的官儿大？"

"为啥问这个？"燕青大哥很诧异。

"我就想知道你俩谁听谁的。"

燕青爽声笑道："我是来配合秋阳老师的，自然是我听她的。"

铁蛋又问："要是你觉得秋阳姐说的不对，你也听吗？"

"嗯……如果我的想法跟她不一样，我会直接告诉她。但如果她听完我的想法，依旧坚持自己的意见，我还是会听她的。"

海亮不解地望着铁蛋："你问这干啥？"

铁蛋有些无奈地叹口气："因为我也必须听你的，哪怕我觉得你错了,我还是得听。"

"你也可以不听。"海亮笑着说。

"真的吗?这可是你亲口说的哦。"

海亮故意放慢了讲话速度:"你也可以不听——如果你不怕挨秋阳姐训的话。"

从红崖村到县城有几十里路,马车不疾不徐地走了将近两个时辰,抵达县城时已过了晌午。海亮让燕青大哥把车直接赶到商行。海亮爹受西方教育的影响很深,他坚持把居住的地方和经营的场所分开,不像很多传统商行,通常是前店后家。海亮爹开的商行名叫"海记",主要做粮油、布匹、照明电器等物品的中间贸易。用现在的话说,就是批发业务而不是零售业务。

马车还没停稳,海亮就蹦了下去,一路小跑着高声喊"爹",没等店铺里的伙计们反应过来,眨眼工夫海亮就已经冲进店铺,消失在铁蛋和燕青的视野中。

第九章
"小诸葛"计送铁枪头

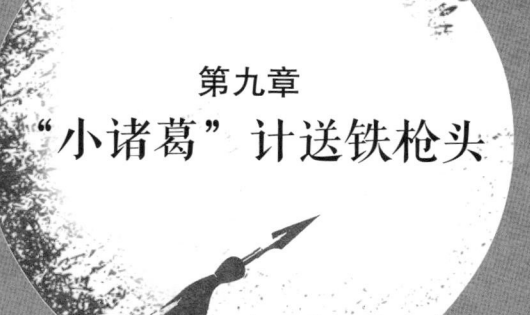

宝贝儿子突然出现在跟前,海仲文着实吃了一惊。

"你怎么来了?"海仲文忙问。

"俺想你了呀。"海亮扑进爹怀里,生生把海仲文撞了个趔趄。

海仲文隐约感觉事有蹊跷。首先,他头天前脚走,第二天儿子就跟来了,显然不合情理。其次,儿子和他之间少有如此亲昵的举动。最重要的一点是,谁送他来的?海仲文盯着儿子的眼睛:"跟爹说实话,家里是不是出啥事了?"

海亮不想让爹胡乱瞎猜,便直截了当地说:"秋阳姐让我来请你帮忙。"

"秋阳老师来了?"海仲文走过去推开窗户,俯身朝下看。商行门前停着一挂马车,健壮的辕马喷着响鼻。铁蛋坐在车上东瞅瞅西看看,感觉眼睛都忙不过来了。一个脖子上搭着汗巾的年轻人半个屁股坐在辕木上,一边用草帽扇着风,一边警觉地观察着四周。

海仲文沉下脸问道:"他是谁?"

海亮趴在爹耳边低声说:"他是独立团的侦察队长燕青大哥,是秋阳姐派来的。"

第九章
"小诸葛"计送铁枪头

海仲文转身就往外走:"秋阳老师派来的人,那你还不赶紧请上来?"

海亮一把拽住海仲文:"他现在的身份就是一个赶大车的,哪能轮到你亲自去请他!"

海仲文觉得儿子的话有道理,便站住了脚步。

海亮说:"商行里的人要是问起,你就说燕青大哥是铁蛋家的亲戚,之前在青岛当苦力,因为老娘生病回老家来了,想托你在城里给找个差事。"

"这都好说,"海仲文心里隐隐有些忐忑,"秋阳老师派人来,不会真就是让我帮忙找活儿吧?"

"当然不是!我们想跟老栓叔一起往陇头沟据点送粮食。"

海仲文想了一下:"让他跟着去没问题,你不能去。"

"为啥?"

"你让姓燕的队长先送你们回家,别的事等我晚上回去再说。"

海仲文说的家是指他在县城买的院子。海亮也不想在商行里跟爹争辩,便下楼当着几个伙计的面对铁蛋说:"俺跟爹说了,叫他无论如何要帮你家亲戚找份差事。"

"海叔应承了没?"铁蛋问。

"俺爹叫我带你们回家候着,他忙完生意回来问过话以后再定。"

海亮跳上马车,跟铁蛋搂坐在一块儿。燕青大哥一言不发,在商行伙计们的注视下默默赶车离开了。

晚饭后,海仲文找借口把家里的用人打发出去,然后让儿子把燕青大哥请进书房。海亮吩咐铁蛋在院子里把风,铁蛋很痛快就答应了。

燕青大哥先自报身份,接着说明此行的来意。他跟秋阳老师合计后,想借"海记"商行往陇头沟据点送粮食的机会,把打造好的枪头运到牙山。海仲文没有询问细节,只问需要他做什么。燕青大哥说,在不引起鬼子怀疑的前提下,尽量多送些粮食,这样更便于隐藏枪头。海仲文说商行刚进了一批粮食,日本人也提出要多送些过去,装满满两车不成问题。

燕青大哥问:"送粮食的时候,鬼子会派人押送吗?"

海仲文回答:"不会。如果派人押送,途中出了事,日

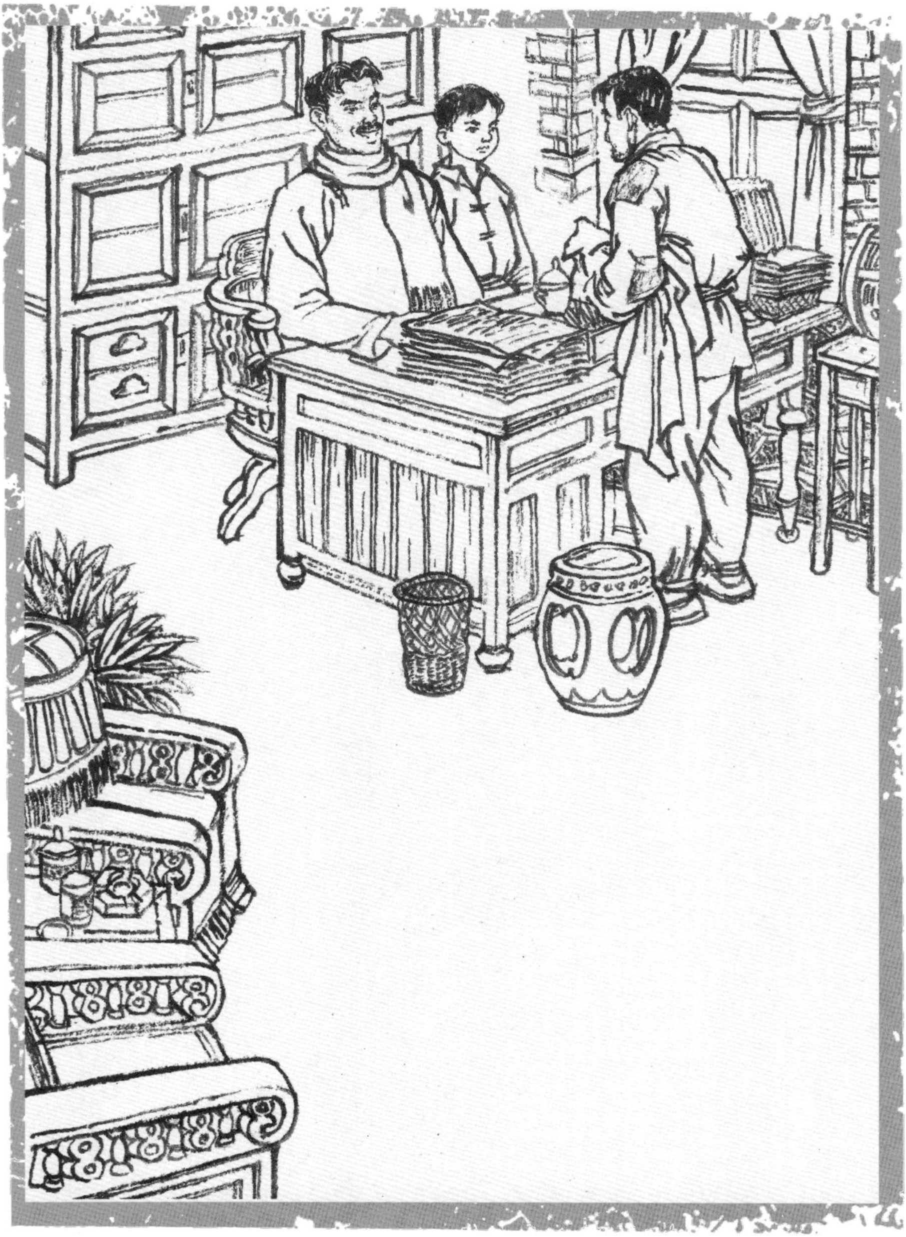

晚饭后,海仲文找借口把家里的用人打发出去,然后让儿子把燕青大哥请进书房。

第九章
"小诸葛"计送铁枪头

本人不好把责任推给商行。"

"那最好不过了。"燕青大哥点点头。

"燕队长,海某有个不情之请,不知能否直说?"

"海先生请讲。"

海仲文看了看身边的海亮:"犬子一心想跟着你们抗日,我不反对。但他毕竟是海家的独苗,且尚年幼,我只希望他帮你们做些力所能及的事,不想看着他去涉险。"

"爹——"

"闭嘴!我跟燕队长谈事,轮不到你插话。"海仲文陡然间板起了脸。

燕青大哥示意海亮先别说话,然后对海仲文说:"海先生的心情我们完全理解。海亮不光是海家的后代,也是红崖村的儿童团长,我们当然不会轻易让他冒险。这次的计划是海亮提出来的,其中有个重要环节需要海亮来完成,而且我们反复研究之后认为,别的人很难替代他。基于我们对海亮的了解,我们认为他有能力完成好这次任务。"

海仲文低头思忖着。

燕青大哥继续说:"我们也设想了各种可能出现的意

外情况，并一一制订了应对方案。我们有把握保两个孩子周全。"

"两个孩子？"

海亮抢着说："铁蛋要陪我一起去。"

海仲文依旧没有表态。

"爹，你放心吧，有燕青大哥他们保护我，我一定不会有事的。"

海仲文问："马栓大哥也知道这个计划吗？"

"他不知道。您就告诉他我是铁蛋家的远房亲戚。老栓叔为人厚道，我们担心他知道车上藏有枪头，会沉不住气。"燕青大哥说。

"还……还需要我这边做什么？"

海亮搂着海仲文的肩膀说："爹，你还要给老栓叔交代，让他先拐道去哑巴婶儿的酒坊装十坛酒，一并送到陇头沟据点。"

海仲文看着儿子，眼神既欣慰又担忧。

第二天上午，燕青大哥跟着老栓叔去库房装车。库房没有专门的脚夫，装车的活儿只能由车把式亲自干。燕青大

第九章
"小诸葛"计送铁枪头

哥比老栓叔年轻,他把自己这挂车装好后,又主动去帮老栓叔。两人从头到尾没说一句话。装好车,两人赶车来到商行门口,海仲文从楼上下来,把在保安大队办好的通关文书和运货单交给老栓叔。老栓叔很小心地揣进怀里。

海仲文瞟了燕青大哥一眼,低声问老栓叔:"这后生咋样?"

老栓叔瓮声瓮气地答道:"不偷懒,活儿也好。"

海仲文把海亮和铁蛋叫下来,让老栓叔把两个孩子捎回村,顺便到哑巴婶那里装十坛酒,一并送到陇头沟据点。把日本人哄好了,以后生意才好做。这道理老栓叔当然懂,所以一点没觉得奇怪。海仲文又吩咐老栓叔待一切办妥后,回村歇上一晚,明儿回县城时再捎上三十二坛烧酒。过几天保安大队的崔大队长给儿子摆满月酒,"海记"商行答应免费提供宴会用酒。老栓叔把东家的话全都记下了。

老栓叔让铁蛋和海亮一人坐一辆车,海亮不干,非要跟铁蛋坐一块儿。燕青大哥说,他的马脚力好,就让两个孩子坐他车上吧,路上也好聊天打发时间。老栓叔没再说什么,跳坐到辕木上便扬鞭催马出发了。

有保安大队签发的通关文书，老栓叔又是张熟面孔，再加上是往鬼子的据点送粮食，两挂车经过每道关卡都很顺利，鬼子和二鬼子都没找麻烦。走出几里地之后，老栓叔半眯起眼睛，一副似睡非睡的样子，其实心里一直在犯嘀咕。商行冷不丁冒出个新伙计，之前从未听东家提起过，这不能不让老栓叔心中起疑。

还有，据老栓叔所知，铁蛋娘是从河南逃荒来的难民。自她嫁到红崖村就没见她回过娘家，娘家那边也没来过亲戚。这个姓燕的一口鲁西腔，却说他是铁蛋娘老家的亲戚，老栓叔心想，我信你个鬼！不过，老栓叔在海家服侍过两代东家，他最大的优点就是不多嘴，东家不想说的事情绝不打听！即便心头有再多疑虑，他脸上依旧看不出一丝风吹草动。

两个时辰后，满载粮食的马车吱扭着进入村口。海亮让老栓叔直接把车赶到"杜家酒坊"。哑巴婶家的院子够大，院门也够宽，方便运送酿酒原料的大车进出。老栓叔停好车后，让铁蛋去给土娃娘捎个信儿，叫她送点吃的到酒坊来。海亮不解地问："老栓叔，都进村了，你咋不回家去吃？"

第九章
"小诸葛"计送铁枪头

老栓叔说替东家送货可不敢大意,只要没卸车,他就会一直盯着货,连眼睛都不敢眨,直到妥妥交到买家手上。十多年了,他连一粒米都没弄丢过。海亮把嘴一撇:"老栓叔,你也太不信人了!我跟铁蛋在这儿守着,哑巴婶儿和水妹在这儿看着,燕青大哥也不会离开。这么多双眼睛盯着,车上的货还能丢了咋的?难不成你是把我们都当成贼来防着?"

老栓叔本就不善言辞,被海亮这么一问,竟不知如何作答。

哑巴婶也在一旁帮腔:"土娃他爹,你是不是糊涂了?海亮可在这儿呢!他是海家的少东家。大东家没在就该听少东家的,不是吗?这两车货的主人自个儿在这儿盯着呢,你还有啥不放心的?"

"老栓叔,你就放心吧!我们保证好好盯着,眼睛都不带眨一下!别说小偷,连一只苍蝇都不许它靠近!"铁蛋说。

海亮不由分说地把老栓叔往院子外推。老栓叔只能步步后退。待他刚退出院子,海亮跟铁蛋就火速将院门关上。老栓叔没辙儿,只好大声说:"少爷,俺去去就回,顶多一袋烟工夫。你们可千万别开院门呐。"

"知道啦——"海亮大声应承着,冲铁蛋做了个鬼脸。

老栓叔心里不踏实,回家胡乱吃了几口东西,放下碗,用手把嘴一抹,连走带跑地回到酒坊,前后耽搁的时间还真就差不多一袋烟工夫。老栓叔一回来就开始查看两挂车上的货物,点完包数,拍拍米袋,拉拉捆绳,整个流程走完,没发现异常,他悬着的心才算落地。

在前往陇头沟的途中,老栓叔一路黑着脸,原因是海亮不听劝,执意要和铁蛋一起跟着去看看鬼子的据点,理由是反正老栓叔要回村歇一晚,到时他们再跟车回来就是了。因为海仲文有日本留学背景,所以"海记"在生意上跟日本人时有往来。前些年还有日本人从济南、青岛等地来看海仲文。日本人见多了,老栓叔跟海亮不像普通人那样,看到日本人就心生恐惧,但老栓叔压根儿不希望海亮跟日本人碰面,虽然说不清自己究竟在担心什么。无奈他拗不过少东家,只能把不满憋在心头,默默生闷气。

第九章
"小诸葛"计送铁枪头

陇头沟据点离县城最远，是方圆百里之内最大的一个日军据点。这里是皖系军阀统治时期建造的一座监狱，日本人占领县城后，把这里变成了一座据点，驻有近六十人的日军小队和一百三十多人的伪军中队，配备有重型武器。通常情况下，鬼子只在交通要道附近建立据点，起着战时策应、战后休整的作用，有点像古代的军事驿站。陇头沟据点并不靠近大路，却是卡在独立团和游击队喉咙上的一根刺，严重地限制了独立团的活动。

满载粮食的两挂马车离据点还有一里路，就被据点的观察哨发现了。哨兵赶紧报告军曹，说给据点送粮的马车快到了。军曹爬上观察台用望远镜看了看，然后拨通了设卡点的电话。军曹要求设卡的士兵仔细查询通关文书和运货单，并对运送人员搜身检查，待一切无误方可放入据点。

接受完严格检查后，老栓叔和燕青大哥将马车赶进据点，身后始终有名持枪的鬼子跟着。这时，一名腰间扎着白围裙的中年男人笑眯眯地跑过来，指挥老栓叔和燕青大哥把车停在伙房旁的一块空地。老栓叔上次送粮食过来时，跟这个矮胖的中年男人打过交道，他姓范，是后厨的墩子，也是伙房管事的。老范掏出钥匙打开一间小屋子。老栓叔问他,是不是还跟前次一样,把粮袋卸下来放进小屋。老范点点头,说:"既然你知道咋放,我就不盯着了。码好后我再过来点数,然后去找曹长在运单上签字。"

老范走后,老栓叔和燕青大哥开始卸各自车上的粮袋。燕青大哥见旁边那个持枪的鬼子没有离开的意思,便偷偷给海亮递了个眼色。海亮明白了,他拽着铁蛋走到持枪的鬼子跟前,叽里哇啦说了一通。那个鬼子脸上露出惊讶的表情,然后用手指了一个方向,嘴里也叽里哇啦的。

海亮拉着铁蛋绕过伙房来到一排平房前,挨个房间查看。就在这时,两只手从背后伸过来,揪住海亮和铁蛋的衣领。"谁呀?放开我!"铁蛋大声喊道。海亮扭头一看,是一个表情凶蛮的鬼子,个子又高又壮,这种身材在鬼子当中非常罕见。

高个子鬼子不管铁蛋和海亮如何挣扎,很快就将他们带进一个房间。屋子不大,靠墙位置摆着张桌子,墙上挂满衣服帽子,墙角歪歪倒倒放着几双鞋,其中一双皮靴沾满泥土。一个满脸胡须的鬼子双手抱胸,叉腿站立,眼神凌厉地

第九章
"小诸葛"计送铁枪头

盯着海亮和铁蛋。他上身穿了件白衬衫,海亮没法判断他的职务。突然,他用中文发问:"你的,会讲日本话?"

海亮故意学他的语气:"你的,会讲中国话?"

将他们带进房间的高个子鬼子在海亮屁股上踹了一脚。海亮生气地骂了一声"八嘎呀路"。高个子鬼子抬手想揍海亮,被大胡须鬼子制止了。大胡须鬼子示意高个子鬼子退出房间。

"你的,什么人的干活?为什么会讲日本话?"大胡须鬼子问道。

铁蛋替海亮回答:"他爹是'海记'商行的东家,在日本上过学。"

"你是……海桑的儿子?"

"对呀!你认识俺爹?"

大胡须鬼子没有回答,接着又问:"你们跟着送粮食的车过来,有什么目的?"

铁蛋说:"我们很想知道据点里是啥样子,就跟着进来看看。"

大胡须鬼子摇摇头:"不说实话,死了死了的!"

海亮眨了几下眼睛:"好吧,实话告诉你,我们是来找人的。"

"找人?谁的干活?"

海亮一字一顿地说:"从九州来的,秋、山、元!"

大胡须鬼子表情微微一怔:"你的,认识他?"

海亮摇摇头。

"那你,找他什么的干活?"

"我有一样东西要交给他。"

"什么东西?"

海亮从衣兜里摸出信封:"一封从九州寄来的家信。"

大胡须鬼子突然冲过来抢。海亮早有防备,灵巧地闪开了。大胡须鬼子两只手指着自己的胸口:"我的,秋山元!"

"你怎么证明?"

大胡须鬼子想了一下,快步走到桌子前,拉开抽屉拿出一个本子,取出夹在本子中的一张单人照片。他举起照片让海亮看,又指着自己的鼻尖,意思是这是我的照片。海亮看看照片上的人,又看看大胡须鬼子,随后点了点头。大胡须鬼子将照片翻转过来,照片背后果然用日文写着"秋山元"

第九章
"小诸葛"计送铁枪头

三个字。

海亮将手里的信封递给秋山元。秋山元用颤抖的手撕开信封，先看里面的照片，然后开始读信。他的情绪十分激动，眼睛里闪着泪花。读完信，他双手握拳上举，仰天喊叫了几句日本话，然后抓住海亮的肩膀，叽里哇啦说了一通。由于过于兴奋，他甚至都忘了追究这封信怎么到了海亮手上。

铁蛋悄悄问海亮："他说啥？"海亮告诉铁蛋，自己也没完全听懂，好像这是秋山元应征入伍后收到的第一封家信，信里有他期待已久的好消息。等秋山元的情绪平静一些之后，海亮故意说："杜甫有两句诗，'烽火连三月，家书抵万金'。秋山君如此兴奋，肯定是家里有好事发生，对吧？"

秋山元没有回答，只是小心翼翼地把信收了起来。这时，老范拿着送货清单进来让秋山元签收。秋山元接过清单看了看，然后告诉海亮，签字之前他必须亲自去看看货物。于是海亮和铁蛋陪着秋山元来到存放粮食的小屋。老范点头哈腰地跟在后面。

秋山元看着码放得十分整齐的粮袋，伸手拍了拍，扭头问老范："大米问题的没有？"

老范竖起大拇指:"'海记'的货,绝对是这个。"

"五十袋,少的没有?"

"数过两遍,一袋不少。"老范指着堆放在墙角的十坛酒,"这是海老板免费送给太君的,老规矩。"

秋山元正准备在清单上签字,突然看见一辆马车上还放着三袋粮食,脸色一下子变了:"这是,什么的干活?"

老范答道:"这是多出来的三袋,海老板跟山里的猎户谈好了,准备用来换两只狍子。"

秋山元转头去看海亮。海亮赶忙上前解释:"保安大队的崔大队长要给儿子摆满月酒,托俺爹给他搞点野味儿。现在县城里也买不到,只能用粮食跟山里的猎户们换。"

秋山元走到马车前,摸了摸三个粮袋:"打开!"

老范赶忙对燕青大哥说:"快,把袋子打开让太君检查。"

铁蛋使劲攥着海亮的胳膊,紧张得喘不过气来。

第十章
勇少年智闯日据点

燕青大哥在秋山元的注视下，将三个粮袋依次搬下来立着放在地上，然后将扎住袋口的绳子解开。

秋山元走过去，抓起一把大米看了看，又用力把手插进米堆。这还不算，他还拿一把日本军刀往米袋里扎。待把三袋粮挨个儿查了一遍，没发现异常，铁蛋这才松了口气，紧攥着海亮的手也慢慢放开。

"狍子的在哪里？"秋山元问。

铁蛋忙说："海老板派人跟俺舅约好了，就在前面那个山坳交换。"

"猎户们怕皇军抢东西，不敢送到据点里来。"老范解释了一句。

秋山元想了一下对海亮说，想换野味儿可以，但必须给据点留一只狍子。海亮装出着急的样子："为什么呀？俺爹可都跟崔大队长说好了。要是少了一只，崔大队长怪罪下来，俺爹可担待不起。"

秋山元上前搂着海亮的肩膀，笑着用日语说："刚才你不是问我有什么喜事吗？三个月前我妻子给我生了个儿子，我今天也要让大家跟我一起高兴！"

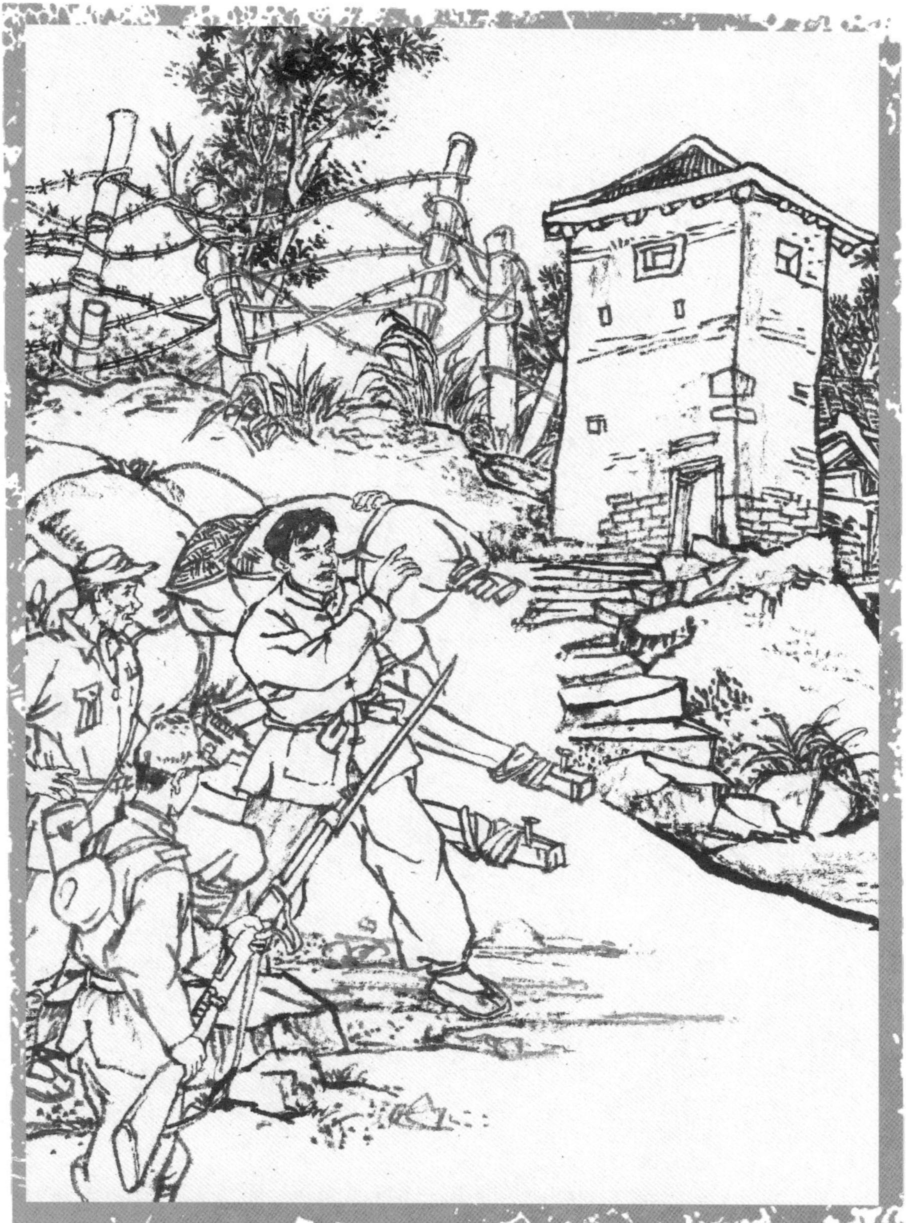

燕青大哥在秋山元的注视下,将三个粮袋依次搬下来立着放在地上,然后将扎住袋口的绳子解开。

第十章
勇少年智闯日据点

海亮大概听懂了他的意思,故意面露难色:"我也为秋山君高兴,可是崔大队长俺们得罪不起呀!"

"告诉崔桑,狍子,我留下了,他不敢生气。"

海亮无可奈何地说:"也只能这样了,皇军是老大,没谁敢惹。"

秋山元很得意地笑了。

海亮大声对燕青大哥说:"你赶紧把袋口扎好,到山坳把狍子换回来,我在这里等你。"

在燕青大哥捆扎粮袋的时候,秋山元带着海亮和铁蛋爬上观察台。他指着西北方向告诉海亮,说猎人进城去卖山货,只能从山坳那里下来。他们经常坐在那里歇息。海亮朝秋山元指的方向望去,突然叫了起来:"铁蛋,你快看,那个坐在石头上的人是你舅吗?"

铁蛋眯缝着眼睛看了一下,兴奋地说:"嗯,是俺舅!"因为铁蛋也认出来了,被海亮说成"他舅"的那个人就是赖勇大哥。

秋山元拿起望远镜,他看见山道上不时有山民来往。有个人坐在路边一块石头上,他身旁停着一辆独轮车,车上堆放的东西像是猎杀的动物。没一会儿,秋山元看见燕青大哥赶着马车到了山坳。坐在石头上的人站了起来,两人简单交流了几句,就一起动手把独轮车上的东西转移到马车上,然后将马车上的三个粮袋放上独轮车。

秋山元带着海亮和铁蛋从观察哨下来,走到据点门口等候。几分钟后马车回来了,秋山元上前查看,见车上果然放着两只狍子,除此之外还有两只山鸡、三只野兔和一大袋蘑菇。秋山元把老范叫来,让他把山鸡、野兔和一只狍子留下,其余的东西放行。

海亮说:"秋山君,你要是进城,别忘了到俺爹的商行来喝茶。"

秋山元点点头,在清单上签完字交给海亮,转身离开了。

从据点出来走了一段路,来到三岔路口。燕青大哥带着狍子继续往县城方向走,老栓叔拐上了回村的乡道。铁蛋很兴奋,他憋了一肚子的疑问想问海亮,可当着老栓叔的面他又不知道该不该问,就只能拼命忍着。

老栓叔满脸的不高兴,嘴里不停地数落辕马,不是嫌

第十章
勇少年智闯日据点

它走慢了，就是嫌它不知道避坑儿。海亮感觉老栓叔是在指桑骂槐，便问老栓叔，谁又惹到你了？老栓叔气哼哼地说："俺就是看不惯你跟鬼子那股亲热劲儿！"

海亮说："我这不是怕日本人故意刁难咱们嘛。"

"能咋刁难？粮食总不会不要吧？顶多就是不许我们换狍子，不吃就是了，也死不了人。"

"我不就跟那个军曹说了几句话吗？你至于气成这样？"海亮感到不解。

老栓叔吁了一声，收紧缰绳，把车停了下来。

"你知不知道这些鬼子个个手上都沾着血？上回到咱村抢粮杀人的就是这帮畜生！"老栓叔把一只手的指头张开，"整整五条人命啊！你没记住，俺可不会忘！"

铁蛋刚想替海亮解释，见海亮冲他摇头，便突然改口说："老栓叔，我们不想坐你的车了，我们自己走回去。"

"离村还远着呢。"

"反正我们不想坐了，省得听你唠叨。"

老栓叔冷冷地说："你们自个儿瞧着办。"

铁蛋跟海亮下车后，故意跟老栓叔拉开了点距离，这样方便讲话，不担心被老栓叔听见。

铁蛋问海亮："你啥时学的日本话，我咋一点都不知道？"

"在县城念书的时候，跟我爹学的。"

"我捡到的那封信咋到了你手里？"

海亮说："我爹本打算让老栓叔送货的时候把信捎过来，我寻思放我手里兴许能派上用场。"

铁蛋心里最大的疑问是留在燕青车上的那三个粮袋，里面明明装着枪头，大胡须鬼子咋没发现呢。海亮说："我猜到鬼子肯定要仔细检查那三个袋子，所以留在车上的就是普通的粮袋。等鬼子检查过了，再找机会换成装枪头的袋子。"

"你就不怕被人瞧见？"

"不怕，因为粮食入库了，日本人就不会再盯着我们了，他们一放松警惕，我们就能找到机会。当然，最重要的是，据点里有我们的内线。"

铁蛋大吃一惊："内线？谁呀？"

"就是负责收货的老范。"

第十章
勇少年智闯日据点

"你早就知道？"

海亮点点头。

铁蛋接着问："万一鬼子不同意用粮食换狍子咋办？"

"山里的猎户就是靠打野味、捡山货，拿到城里换东西。不让换粮食的话，猎户们岂不是全都会饿死？鬼子在路上设卡的目的，是不让武器、药品之类的东西进山。再说，拿去换的粮袋他们仔细检查过，换回来的东西他们也会检查，所以他们没理由反对。"

铁蛋笑着说："鬼子也嘴馋，巴不得我们能换成，他们才能吃到狍子。"

"那个军曹知道老婆给他生了儿子，心里正高兴着呢。这个情况我们事先并不知道，是碰巧了。"

"对了，军曹是据点里最大的官儿吗？"

海亮摇摇头："不是，据点里最大的官儿是鬼子的小队长，军曹是中士。刚才老范悄悄告诉我，据点里的曹长出去扫荡时被打死了，秋山元刚被提成了上士曹长，兼副小队长。后勤这一摊子事正好归他管。"

"海亮，你老实说，刚才在据点里你怕不怕？"

"当然怕!"

　　"你怕什么?"

　　"怕的事多着呢!怕藏在粮袋里的枪头被鬼子发现;怕鬼子翻脸不认账,把多出来的三袋粮全都扣下,不许我们拿去换狍子。"海亮扭头看了铁蛋一眼,"还怕你沉不住气,被鬼子瞧出破绽。"

　　铁蛋颇有些得意:"我今天表现还不错吧?一点没露馅儿。"

　　海亮拍拍铁蛋的肩膀:"相当不错!回去让秋阳姐表扬你。"

　　"我才不要表扬呢!我要燕青大哥教我红缨枪法!"

　　铁蛋和海亮跟着老栓叔的车回到村子,水妹和土娃早就在晒谷场等着了。两个孩子飞快地翻动着脚丫子跑过来。"你们可算回来了,秋阳姐都快急死了!"水妹说。

　　铁蛋忙问:"秋阳姐呢?"

　　"她带着春旺哥去邻村开会了。"土娃说。

　　水妹告诉海亮:"秋阳姐走的时候留了话,让你通知儿童团的人,吃过晚饭全都到老油坊去。"

第十章
勇少年智闯日据点

"去干啥？"铁蛋问。

"秋阳姐没说。"

海亮让小伙伴分头去通知其他孩子。土娃说，他跟水妹已经给每个人说了。海亮说那感情好，大家先回去吃饭吧。跟水妹和土娃分手后，铁蛋拽住海亮，非要海亮去他家吃饭。海亮说铁大爷哪有空烧饭，你还是去我家吃吧。我让唐婶儿烙你最爱吃的鸡蛋饼。

铁蛋不肯，坚持要让海亮去他家。说他要把今天发生的事讲给爷爷听。海亮心想，这批枪头全都是铁大爷精心打造出来的，如果他知道枪头已经顺利运到了牙山，他一准儿很开心。心念一动，海亮便跟铁蛋朝铁匠铺走去。

离铁匠铺还有段距离，海亮突然站住了。"你咋不走了？"铁蛋问。

"奇怪！怎么听不到打铁的声音？"海亮自言自语。

铁蛋愣了一下，撒腿就跑。海亮急忙跟上。两个孩子闯进铁匠铺，发现里面空无一人，店铺收拾得整齐利落，完全看不出往天热火朝天的痕迹。铁蛋高声喊着"爷爷——"，从侧门跑到自家院子，掀起门帘冲进屋里。

屋里光线幽暗,铁大爷背对房门躺在炕上。铁蛋跑过去摇晃铁大爷的肩膀:"爷爷——,你快醒醒!"

铁大爷缓缓转过身来,有些吃力地睁开眼:"回来了?"

"爷爷,你咋没打枪头呢?"

铁大爷告诉铁蛋,五百支枪头全都打好了,游击队派给他的几个帮手也归队了。午饭后他本想打个盹儿,没想到一觉睡到现在。铁大爷坐起要下炕去给铁蛋做饭,海亮一把摁住铁大爷,要他躺着休息,待会儿唐婶做好饭叫铁蛋送过来。铁大爷说自己不想吃东西,只要大孙子别饿着就行。

铁蛋看着爷爷躺下后,才跟着海亮去了他家。

因为没有事先征得秋阳姐同意,海亮和铁蛋当着其他孩子的面,对运送枪头之事守口如瓶。大家在老油坊嬉笑打闹到很晚,秋阳姐还没露面。土娃问海亮:"秋阳姐还来不来了呀?再不回去娘该骂我了。"水妹也不住地嚷道:"我都困死啦!"

铁蛋听到大家的抱怨,顿时心头火大,他一拍桌子站了起来:"不想等就回去!没人求着你们!"

第十章
勇少年智闯日据点

水妹遗传了哑巴婶的火爆脾气,哪受得了这个。她呼地站起来,一脚把凳子踹翻:"走就走!吓唬谁呢!"说完,水妹扬着脖子走出教室。

海亮赶紧追出去,拽住水妹衣服:"水妹,别跟铁蛋一般见识,再等等。"

水妹将海亮的手拂开:"哼!我才不想惯着他呢!"

水妹刚走到院子门口,就跟一个往里走的人撞了个满怀。

"秋阳姐,你总算来了!"海亮激动地喊道。

守在教室里的孩子都听见了海亮这句话,大家呼啦一下全都拥出教室。铁蛋反应最快,冲在最前面,等他来到院子,却跟海亮和水妹一样待在原地。因为,走进院子的不是秋阳姐,而是一张很久没见的熟悉而又陌生的面孔。

"你是……哑巴叔?"海亮嗫嚅着。

哑巴叔憨憨地笑着。

水妹扑了过去:"爹!真的是俺爹耶!"

哑巴叔紧紧搂着水妹,激动地摩挲着女儿的头发。铁蛋发现,短短几个月哑巴叔像变了个人,最颠覆性的变化就是头发没了，理个大光头。哑巴叔自小在道观中长大，头发蓄得很长。成亲后就因为不愿铰短头发，还跟哑巴婶闹过好一阵别扭。没想到几个月不见，他那一头乱蓬蓬的头发居然没了踪影。

铁蛋忙问："哑巴叔，你咋回来了？"

哑巴叔依旧憨憨地笑着，不答话。

"哑巴叔，你是一个人回来的，还是跟游击队一起来的？"海亮又问。

哑巴叔嘴唇动了几下，一个字儿也没蹦出来。水妹急了，双手叉腰挡在哑巴叔面前，怒目圆睁，冲小伙伴吼叫着："你们又不是不知道，俺爹不爱讲话，求你们别问了！"水妹推开铁蛋，拽着哑巴叔就离开了老油坊。孩子们望着哑巴叔远去的背影，心里莫名的失望。

"海亮，哑巴叔该不会是逃兵吧？"铁蛋突然冒出一句。

土娃惊愕地张大嘴："逃、逃兵？从哪儿逃回来的？"

"废话！肯定是战场啊！"铁蛋撇着嘴，一副很不屑的样子。

海亮语气肯定地说："别瞎猜。哑巴叔绝不会当逃兵！"

第十章
勇少年智闯日据点

"为啥？"

"你们别忘了，在听到日本人打过来的消息后，哑巴叔是全村第一个出去参加抗日队伍的。"

土娃补了一句："还是偷偷跑去的。"

孩子们都笑了。因为哑巴叔夜里走的时候没跟任何人说，第二天早上哑巴婶寻遍全村也没见着丈夫的影子。黄皮子信口胡诌，说哑巴叔跟人私奔了。碰巧哑巴叔走的前一天，去邻村给一个寡妇瞧过病。哑巴婶气得站在晒谷场的石碾上骂了半天，谁都不敢上前去劝。到了晚上，哑巴婶发现丈夫留下一张字条，赶紧让水妹念给她听，才知道丈夫投奔抗日队伍去了。这件事，让哑巴婶对自己的男人刮目相看。

水妹走了，秋阳姐还没回来。铁蛋问海亮，咱们还继续等吗？海亮皱着眉头思考着。土娃问："要是秋阳姐整晚都不回来，也、也不许俺回家吗？"海亮还没开口，铁蛋便嚷了起来："成天尽惦记着回家、回家！那你别参加儿童团，回去守着你的破家！"

土娃不愿被铁蛋数落，便嘲讽道："谁、谁像你呀，野惯了，整天不落窝，也没爹娘管你。"

铁蛋一把揪住土娃的衣服,气得鼻翼直扇:"说谁没爹娘?你再说一遍?"

"铁蛋!把手松开!"教室外传来秋阳姐的声音。

孩子们如众鸟归巢般栖落到秋阳姐身边。

秋阳姐把孩子们带回教室,将手里的油灯递给海亮,让他把灯芯挑长点。铁蛋发现秋阳姐的嘴唇有些干裂,猜她说了不少话。铁蛋想去给秋阳姐端碗水喝,又怕错过重要事情,便从裤兜里摸出两个没熟的酸浆果,在衣服上蹭了几下,放到秋阳姐手心里。

秋阳姐冲铁蛋微微一笑。

秋阳姐告诉大家,经过一段时间的排兵布阵,八路军和游击队在神仙岭张开了口袋,正等着鬼子往里钻。不出意外的话,伏击战今晚就要打响,这是鬼子占领县城以来,独立团和游击队投入兵力最多的一场战斗。虽然我们人数上占优,但在武器装备和作战能力方面,我们目前还无法跟鬼子抗衡。所以这场战斗会异常激烈,人员伤亡必然很大。上级要求包括红崖村在内的附近几个村子,提前做好安置伤员的准备。

第十章
勇少年智闯日据点

到这个时候孩子们才从秋阳姐嘴里知道,哑巴叔去投奔的抗日队伍,早已被八路军独立团收编了。哑巴叔现在是独立团一营三连的卫生员,他被派回红崖村负责伤员救治工作。

海亮按捺不住内心的激动,急忙问:"秋阳姐,我们儿童团现在应该做些什么?"

秋阳姐从挎包里摸出本子,在膝盖上摊开。铁蛋赶紧提起油灯走过去给秋阳姐照亮。秋阳姐看了看本子,撕下一页递给海亮:"这上面是有能力接待伤员的人家,你们分头挨家挨户去通知,让他们腾出空铺,备好垫絮。把火生起来,烧好热水。多准备些干净的布条啥的。"

"哎。"海亮答应着。

"还有,让水妹给她爹当助手,尽量多准备些药品。谁家住了几个伤员、叫什么名字,身上哪个部位受伤,伤口处理过没有……这些情况都要登记。"秋阳姐扭头看着海亮,"这事你亲自来做。"

海亮点点头。

秋阳姐接着说:"从明天起,村口不用站岗,就只在村外坡顶上放一个观察哨。存放枪头的山洞也要利用起来。要随时做好转移伤员的准备——"

"秋阳姐，你听！"铁蛋突然喊道。

所有人都屏声静气，侧耳谛听。果然，从神仙岭方向传来断断续续的枪声，其中还夹杂着爆炸的声音。没有人讲话，但大家心里都明白，伏击战打响了！

就在这时，春旺哥气喘吁吁地跑来了。他向秋阳姐报告，邻近几个村子的妇救会和儿童团都已经准备就绪，随时可以接收伤员。秋阳姐带着春旺哥急匆匆地离开了老油坊，她还有许多事要做。儿童团在海亮的组织下也立即行动起来。整整一夜，红崖村几乎家家户户都亮着油灯。那些没有条件接收伤员的人家，也自发去邻居家帮忙。到天亮时分，所有的准备基本就绪。

孩子们也忙了一夜，几乎没合眼，到早晨一个个哈欠连天，困得不行。铁蛋自告奋勇要去坡顶放哨，海亮担心他在哨位上打瞌睡误事，决定亲自去。没想到土娃却站了出来，说他昨晚在家睡了一小会儿，一点都不困，他可以独自去放哨。向来胆小怕事的土娃，居然敢一个人去坡顶放哨，令海

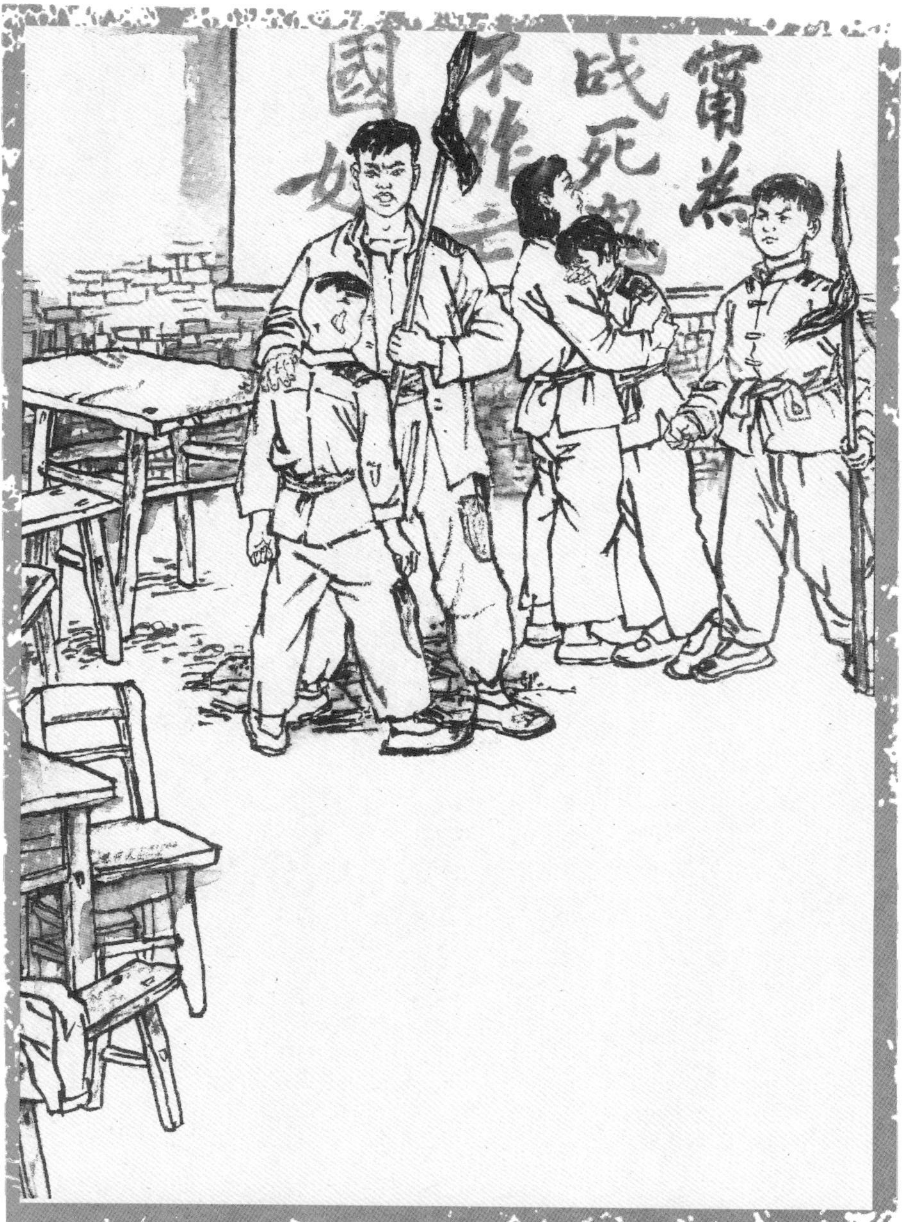

所有人都屏声静气,侧耳谛听。果然,从神仙岭方向传来断断续续的枪声,其中还夹杂着爆炸的声音。没有人讲话,但大家心里都明白,伏击战打响了!

第十章
勇少年智闯日据点

亮和铁蛋非常惊讶。海亮沉吟了一下,拍拍土娃的肩膀说:"好,我们相信你一定能完成任务!"

土娃扛着那支木枪头的红缨枪,眼神坚定地朝村口跑去。

第十一章
红缨枪伏击显神威

天亮后不久，便有伤员陆续被送到红崖村。重伤员是用担架抬或者轮流背着来的，轻伤员多是相互搀扶着走来的。伤员最先集中在晒谷场，由哑巴叔检查和简单处理后，再转送到村民家。看哑巴叔实在忙不过来，哑巴婶就主动过去帮忙止血、固定和包扎伤口。土娃娘领着几个手脚麻利的年轻媳妇，把从伤员身上拆下来的、被鲜血浸透的布条放在木盆里，端到村口的小溪中清洗。很快，原本清澈的溪水就被染红了……

铁蛋一刻也没闲着，不是跑到村口去接伤员，就是帮着把伤员转送到村民家中。他看到有几个伤员在晒谷场包扎完伤口后，就起身往村外走，急忙上前拦住他们，说他们走错方向了。几个伤员告诉铁蛋，他们这点伤不算啥，他们连在岳家村待命，他们必须立刻归队。回去晚了，部队很可能已经转移了。

坐在晒谷场歇息时，铁蛋问海亮，八路军为啥不到红崖村待命？他到现在还没见过八路军呢。海亮笑着说："你是不是累傻了？燕青大哥和哑巴叔不是八路军吗？这些伤员不是八路军吗？"

第十一章
红缨枪伏击显神威

"我说的是八路军的大部队,黑压压一片,坐满整个晒谷场的那种。"

"秋阳姐说,抗日的人越来越多,八路军队伍也会一天比一天壮大,早晚有一天你会看到,咱村的晒谷场上坐满了八路军。"

就在这时,不知谁喊了一声"来重伤员了"。铁蛋一下子从地上蹦起来,钻出人群就往村口跑。没跑几步他就看到三个村民抬着担架朝这边走来,走在前面的那个人竟然是爷爷!铁蛋赶紧冲过去帮忙扶住担架。等到了跟前铁蛋才发现,后面抬担架的两个人是秋阳姐和黄皮子,躺在担架上的伤员是赖勇大哥!

"爷爷,你不是在炕上睡觉吗?"

铁大爷喘息着回答:"大伙儿都在忙,我能睡得着?"

铁蛋问:"秋阳姐,你咋不让伤员去俺家?"

"你整天不着家,铁大爷要忙铺子里那摊子事,谁来照顾伤员?"

铁蛋被问住了。

大家七手八脚将担架放下地,海亮已经把哑巴叔叫来了。哑巴叔蹲下检查了赖勇大哥的伤情，让秋阳姐安排人把他送到酒坊。秋阳姐说："你家已经收了几个伤员了，还是安排到其他人家里吧。"哑巴叔说赖勇大哥伤比较重，他要亲自盯着心里才会踏实些。哑巴婶告诉秋阳姐，她把自家睡觉的房间也腾出来了，就为能多收几名伤员。她跟哑巴叔这段时间打算在牛棚里支张床睡觉。

晌午过后，再没有伤员送来。海亮向秋阳姐报告，红崖村总共接收轻重伤员二十六人，其中九人处理完伤口，稍作歇息就归队了，留在村里的有十七人。其中重伤员八人。这八名重伤员有四人住在哑巴叔家。海亮还登记了伤员姓名、年龄、祖籍和部队番号等信息。秋阳姐夸海亮这个团长当得好，儿童团员个个表现出色。

铁蛋问秋阳姐，接下来的日子，儿童团除了到坡顶放哨，还能帮她做些啥。秋阳姐说："你们能做的事多了去了，比如每天到接收伤员的人家了解情况，谁家缺什么东西帮忙去借。哑巴叔脱不开身的话，就跟着水妹进林子挖草药，然后帮着煎水、研磨、调制等等。"说到这里，秋阳姐突然想起一件事。

第十一章
红缨枪伏击显神威

"对了海亮，你可能还要跟老栓叔去城里一趟。"

"让我爹买些西洋药带回来？"海亮立刻就想到了。

秋阳姐点点头："这只是其中一项任务，另一件很重要的事情是，村里住了这么多伤员，要防着鬼子突然来扫荡。考虑到红崖村离县城较远，我们在沿途的村庄设立了联络站，如果你爹打听到了消息，要通过联络站第一时间把消息传回来。你这次去就是要让城里的联络站跟你爹接上头。"

海亮担忧地说："秋阳姐，鬼子肯定能想到这么多伤员没法跟着部队转移，一定是留在了神仙岭附近。如果县城里的鬼子来扫荡，我们还能躲进山里，可如果陇头沟据点的鬼子出动，我们想跑都跑不掉。"

"是的，所以独立团故意朝着相反的方向撤离，目的就是想让鬼子忽略红崖村和附近的几个村子。"

铁蛋问："秋阳姐，我能不能跟海亮一块儿进城？"

"不行！"秋阳姐说，"海亮不在村里的这几天，你要接替他的工作。"

"你的意思是，海亮不在的时候，我就是儿童团团长？"

秋阳姐盯着铁蛋:"你行吗?"

铁蛋把胸脯一挺:"我一定行!"

海亮和秋阳姐都忍不住笑了。

还别说,铁蛋这个"临时团长"当得还真有模有样。他每天要往有伤员的人家跑好几趟。跟水妹去林子里挖药的时候,遇到危险的地方他总是抢着攀上去。他甚至还把心爱的红缨枪借给了土娃,因为土娃想扛着铁枪头去坡顶放哨。要知道红缨枪可是铁蛋的心肝宝贝,以前别人想摸一下他都不许!

虽然在村里过足了当团长的瘾,但铁蛋每天都眼巴巴地盼着海亮回来。只要有海亮在身边,铁蛋心里便踏实,也不在乎自己当不当团长。听秋阳姐说,海亮给他爹出了不少主意,把海叔从各种渠道搞来的药品,通过联络站送到了收留伤员的村子。最让铁蛋感到兴奋的是,伏击战之后,茅山游击队也加入了独立团,这就意味着沈清明老师也成了八路军。唯一不好的消息是,为躲避鬼子疯狂反扑,独立团离开了牙山,具体去了哪里秋阳姐也不知道。

第十一章
红缨枪伏击显神威

最让铁蛋难过的是，村里有三名重伤员因流血过多，伤口发炎，哑巴叔想尽办法也没能救活。哑巴婶和土娃娘流着泪给牺牲的战士擦洗身体的时候，铁蛋一直站在旁边看着，谁赶他走他都不肯！那三个战士都很年轻，比铁蛋大不了几岁。在鬼子来侵犯鲁西之前，他们就是在庄稼地里辛勤劳作的后生，他们原本只会握锄头的手，也不得不学着拿起了枪。铁蛋心里很清楚，就像秋阳姐说的，只要鬼子留在我们的土地上，就会有更多的中国人死在他们的枪口和刺刀下。要想过上安宁的日子，就必须齐心协力把这帮畜生赶走！

铁大爷和另外两个村民用给自己准备的棺木安葬了牺牲的战士。按照红崖村的风俗，家中老人下葬的时候，通常不允许孩子跟去墓地。但在安葬三名战士的时候，从挖墓穴、落棺、填土，到垒坟、立碑，铁蛋跟水妹、土娃全程参与了，没有一个大人赶他们走。或许大人们心里都知道，像这种残酷的事情，接下来会时不时在身边发生，谁都无法回避，包括孩子。

海亮回到村子后做的第一件事，就是让铁蛋带他来到墓地。

海亮用手轻轻抚摩着墓碑，自言自语："他们被送来的时候伤得那么重，脸上又是土又是血，我连他们长什么样儿都还没记住……"

墓碑是请岳家村的石匠打的，上面刻着三个战士的姓名：庄洪民、贾荣奎、任新。铁蛋跟海亮说，记不住他们的样子没关系，只要记住他们的名字就行。海亮点点头："我不会忘的！一辈子都不会忘！"

那天下午，两个孩子在墓地坐了很久。他们聊了很多，聊到了那首写岳云的词。海亮一字一句解释给铁蛋听，还教他背会了其中的一句：鲜衣怒马少年时，能堪那金贼南渡？

两个孩子第一次聊到了死亡。海亮问铁蛋："你怕不怕死？"

"怕。很怕。"铁蛋如实回答。

"我也怕。"海亮眺望着远方，"秋阳姐说，只有亡命徒才不把自己的命当回事。这种人也不会在乎别人的生死。"

铁蛋试探着问："怕死是不是就不算勇敢？"

"我觉得怕死的人也可以很勇敢。"海亮说，"春秋

第十一章
红缨枪伏击显神威

时期齐国——就是咱山东的地界上有个叫陈不占的胆小鬼，齐庄公遇袭时，他叫车夫带他去救人。途中他一直紧张得浑身哆嗦。车夫说你怕成这样就别去了。他说就算再怕也必须去。结果刚到齐庄公遇袭的地方，他就被厮杀声吓死了。后来人们就称他是勇敢的胆小鬼。"

"我懂了。这个胆小鬼如果不去救人就不会死，但他宁可被吓死也要去救，说明他虽然胆小却很勇敢。"

两个月后，在哑巴叔和村民的精心治疗和照顾下，伤愈的战士陆续归队。村子又恢复了往日的平静。

赖勇大哥的伤虽然也好了，但瘸了一条腿。海亮听说赖勇大哥的家人都被鬼子杀害了，就劝赖勇大哥留在红崖村。赖勇大哥不肯，说自己留着这条命就是为了打鬼子。后来秋阳姐出面，介绍赖勇大哥去"海记"商行当车把式，但他实际的身份是县城里的地下联络员，主要负责传递情报。

在这期间，陇头沟据点里的鬼子到村里来搜捕过八路军伤员，因为老范通过联络站提前送来消息，秋阳姐组织大家把伤员都转移到了山上，村民也都躲出去了。鬼子在村里一无所获，抢了些东西，放了几把火，就灰溜溜地走了。

村里有好几家人的房屋被烧毁了，其中也包括黄皮子住的两间破屋子。大伙儿本打算帮他重新把房子盖起来，可铁大爷说不用了。铁大爷把挨着铁匠铺的一间空屋腾了出来，让黄皮子搬了过去。这段时间黄皮子帮着哑巴叔照顾伤员，手脚也勤快些了。铁大爷说，不管着他点，黄皮子的懒病又该犯了。让他在铁匠铺给自己打个下手，身子骨可以强壮不说，好歹也学门手艺，免得他再去干偷鸡摸狗的营生。

哑巴叔带着最后一批伤员离开了。他走的时候水妹哭成了泪人。村里人都到村口去送哑巴叔，只有哑巴婶独自留在酒坊封坛。她一边封坛一边自言自语，骂骂咧咧，说："死鬼你给老娘记住喽！就算缺了胳膊少了腿儿，爬也要爬回红崖村，老娘伺候你一辈子！"

最让儿童团的孩子们舍不得的，是秋阳姐又去了县城，但不当老师了。唐婶给村里人讲，有人给秋阳姐提了门亲事，男方很有学问，家世也蛮不错。如果不出意外的话，来年一开春就要开始张罗秋阳姐出嫁的事。秋阳姐走得很突然，铁蛋和海亮事先一点儿都没察觉到异常。他俩天天念叨

第十一章
红缨枪伏击显神威

秋阳姐，想知道秋阳姐在城里究竟做什么工作，她要嫁的那个人到底靠不靠得住！

最让铁蛋羡慕的是，春旺哥跟着独立团走了。这次伏击战独立团伤亡不小，但鲁西百姓通过这场战斗尝到了胜利的甜头，不再认为鬼子是无法战胜的，又有许多青壮年加入了抗战的行列，就像秋阳姐预言的那样，八路军的队伍更加壮大了。

有一天，铁蛋跟海亮正在村口站岗，远远看见两个人奔村口走来。其中一个是燕青大哥。铁蛋和海亮像疯了似的跑了过去。燕青大哥依旧一副风尘仆仆的样子，肩上挎个布袋。让铁蛋和海亮吃惊的是，跟在燕青大哥身后的那个女孩，模样竟像极了秋阳姐。月白色的中式上衣，滚着跟盘扣同色的襟边。藏青色过膝长裙，灰色长袜和黑色圆口布鞋。一看就是城里女学生的打扮。

燕青大哥此前每次来红崖村，总是偷偷地来，悄悄地走，村里人大多不认识他。这是他第一次以独立团侦察队长的身份正式在村里亮相。燕青大哥给铁蛋和海亮介绍，随他一起来的那个姑娘名叫秋葵，是村学堂新来的老师。

燕青大哥先去看望铁大爷。海亮把唐婶、哑巴婶和土娃娘都请来了,她们烧了一大桌子菜,大家围坐在铁蛋家的院子里吃饭,算是给秋葵老师接风洗尘。以后她就要陪着唐婶住在海家大院了。

吃饭的时候,燕青大哥告诉大家,他这次来是受老徐的委托,专程到红崖村向儿童团表示感谢。

"谢我们什么?"铁蛋急切地问。

"老徐说,这次伏击战能打得这么漂亮,跟两百支红缨枪头及时送到有莫大关系。如果没有这批枪头,就意味着我们有两百个战士只能赤手空拳跟鬼子肉搏,胜负就很难说了。"

海亮惊喜地问:"这么说,红缨枪在这次伏击战中起了大作用?"

燕青大哥告诉大家,因为独立团的武器严重匮乏,红缨枪就更显出它的重要性。尤其是在跟鬼子拼刺刀的时候,红缨枪发挥了超乎想象的威力。铁大爷打造的枪头锋利无比,那些新战士又多数是鲁西地区的人,从小习练过红缨枪,所以跟鬼子拼刺刀一点不落下风。战斗结束后,被俘虏的鬼子

第十一章
红缨枪伏击显神威

还问我们的战士,他们手里拿的那个"长剑"究竟是什么秘密武器?咋那么厉害?

铁大爷说:"以前只知道拿红缨枪强身健体,没想到还能用来对付小鬼子!"

燕青大哥说,之所以选择在神仙岭打伏击,是因为充分考虑到了那里是块狭长的坡地,在这种地方展开肉搏战,红缨枪能够发挥出最大的优势。海亮突然发问:"燕青大哥,你的意思是独立团在请铁大爷打造枪头之前,就已经选好了伏击地点?"

燕青大哥点点头。

铁蛋也想到了什么:"伏击战打响之前,海叔专门从县城回来找秋阳老师,说鬼子在神仙岭一带发现了八路军的行踪,这又是咋回事?"

燕青大哥笑道:"我们想了很多办法,让鬼子以为独立团的主力在神仙岭一带。但鬼子会不会上当,我们并没有把握。海先生冒险送回来的情报,让我们确信鬼子上钩了。"

铁蛋冲海亮竖起大拇指。意思是说你爹真棒!

"燕队长,别怪我多句嘴啊,"唐婶开口了,"仗打胜了，俺也高兴。只是让俩娃去送枪头这种事儿，也太冒险了！我想起来就后怕，真不知道你们的上级领导是咋想的。"

铁蛋急忙替燕青大哥辩解："婶儿，让海亮去运枪头海叔是答应了的。"

土娃娘说："啥叫答应啊？俺家那木头疙瘩也去了，可他压根儿就不知道粮袋里藏着枪头。这可是掉脑袋的事！俺家那口子也就罢了，反正土埋半截了，可娃还小啊……"

海亮刚要开口，燕青大哥把手搭在他肩膀上，轻轻捏了一下，示意他别说话。"唐婶儿，土娃娘，我这次来还有个任务，老徐让我给铁大爷当面解释一下，当初之所以采纳海亮提出的方案，是因为我们实在想不出比这更好的办法。海先生在日本留过学，他的商行一直跟日本人有生意往来，海亮会说简单的日本话。最重要的是，海亮的聪明和反应我们都比不上——"

"娃越是聪明，越应该护在翅膀下看好啊！"唐婶说。

海亮不好意思地说："婶儿！我又不是小鸡崽儿，我才不需要躲在翅膀底下呢！"

第十一章
红缨枪伏击显神威

燕青大哥说:"我们当然会尽力保护好孩子。我们通知了据点里的内线,让他协助孩子们完成任务,如果出现意外,他会把鬼子的注意力吸引到自己身上,让两个孩子全身而退。"

铁大爷端起酒杯:"生在乱世中的娃,去干一些不该他们这个年龄干的事,也是不得已啊!但愿这样的日子快点过去。"

燕青大哥端起酒杯跟铁大爷轻轻碰了碰,一饮而尽。

在铁蛋和海亮的极力挽留下,燕青大哥在红崖村住了一宿。他没答应去海亮家住,而是把铁蛋赶去了海亮家。燕青大哥说,他想陪铁大爷好好唠唠。

第二天一早,海亮把全村学龄段的孩子都叫到老油坊,新来的秋葵老师要跟大家见面。秋葵老师说,秋阳姐是她最敬佩的人,她现在来接替秋阳姐,就是想沿着她走过的路,重新走一遍。她希望有朝一日,自己也能像秋阳姐那样浑身闪耀着光芒。

跟秋葵老师见面后,铁蛋便缠着燕青大哥到晒谷场去教他红缨枪法。燕青大哥说:"我耍一套岳家枪法给你看,等以后有时间再慢慢教你。"燕青大哥脱掉外衣扎紧腰带,接过铁蛋的红缨枪猛地一抖,嘴里大喊一声,随即跃、跳、闪、躲,身形如风;一杆红缨枪在他手里像条长着眼睛的长蛇,刺、戳、点、扫、挑,攻势凌厉;格、拨、架、挡、拖,毫无破绽。全套枪法招招制敌,一击必杀。看得人眼花缭乱,回肠荡气。铁蛋和海亮完全惊呆了。

"铁蛋,燕青大哥使枪的本事,比你爷爷厉害吧?"海亮说。

平心而论,燕青大哥的功夫比铁大爷高出何止一星半点,可铁蛋不愿承认:"俺爷爷上了岁数,他年轻时一准儿跟燕青大哥一样厉害!"

铁蛋在心里暗暗发誓,将来一定要学会这套岳家枪法,到战场上跟鬼子好好较量一番。

燕青大哥问铁蛋:"你那么喜欢红缨枪,那我考考你,枪头下面为什么要装缨穗?"

"为了耍枪的时候好看。"铁蛋脱口而出。

"有这个目的,但不是主要的。"

第十一章
红缨枪伏击显神威

海亮说:"为了让枪头跟枪杆楔得更紧,不容易脱落。"

"这也是一个因素。"燕青大哥说,"更主要的目的有两个:一是在晃动中迷惑对手,让他看不清枪尖的位置;二是刺伤敌人后,防止血液顺着枪杆流淌,导致手握不稳枪杆。"

铁蛋和海亮把燕青大哥送出村口。海亮问燕青大哥,秋葵老师的名字是不是假的?铁蛋一惊,问海亮凭啥这么说。燕青大哥沉思了一下回答说,海亮猜得没错,秋葵不是她的真名。她是秋阳老师在县城发展的新党员,在组织抗日活动时被鬼子盯上了,组织上让她从县城撤离,她自己选择来到红崖村。

"秋葵老师撤离了,那秋阳姐呢?她没事吧?"海亮连忙问道。

"秋阳老师被捕了。"燕青大哥的表情凝重起来,"好在鬼子以为她只是抗日积极分子,并不知道她是中共鲁西县委的领导人。组织上已经派人跟海先生取得了联系,正在想办法全力营救秋阳老师。"

铁蛋和海亮一下子愣在了原地。

燕青大哥从肩上挎着的布袋里取出一支红缨枪头递给铁蛋。铁蛋和海亮一眼就认出这是被沈清明老师借走的那杆红缨枪的枪头。见燕青大哥迟迟不说话，一种不祥的预感涌上海亮心头。"燕青大哥，沈老师他、他不会……"海亮试探着问。

燕青大哥表情沉重地点点头。他告诉铁蛋和海亮，伏击战虽然胜利了，但战斗异常惨烈。打到最后可以说弹尽粮绝，但我们的战士毫无惧色，端起红缨枪就冲出战壕。沈老师是独立团的文化教员，他没有作战任务，可他也毫不犹豫地冲了上去……后来清理战场时发现，沈老师用红缨枪扎死了一个鬼子，他的胸口也被刺刀穿透了。

在燕青大哥叙述的同时，眼泪已经涌出了铁蛋和海亮的眼眶。

燕青大哥红着眼说："沈先生临死前对我说，要我把红缨枪还给铁蛋，他让我转告你们，只要中国的土地上还有一个鬼子，就不要放下你们手里的红缨枪！"

沈老师跟很多牺牲的战士被葬在了神仙岭。海亮跟铁蛋

第十一章
红缨枪伏击显神威

偷偷商量好，等秋阳姐被救出来以后，再让她亲口把沈老师牺牲的消息告诉唐婶。到时把这支枪头埋到地下，在红崖村给沈老师立块石碑。碑上除了刻沈老师的名字，还要刻十个字：宁做战死鬼，不当亡国奴！

后 记

鲁西指的是津浦铁路以西，济宁、菏泽公路以北地区。

抗战时期，鲁西这片广袤的大地经历了血与火的洗礼。中共鲁西特委（后改区委）独立开创了鲁西抗日根据地，领导该地区数十个县的战士和群众，同日本鬼子和伪军汉奸进行了英勇不屈的斗争，取得了彪炳史册的辉煌成就。

随着鲁西地区各抗日救国总会相继成立，有组织的群众超过五十万人，其中也包括抗日儿童团成员。到1945年，山东省内儿童团人数多达八十一万人，占适龄儿童的百分之八十以上。

这些七至十四岁的孩子，以自己独有的方式投身于拯救民族危亡的运动，成为抗日队伍中一支不可忽视的力量。

图书在版编目（CIP）数据

红缨枪/陈磊著. -- 成都：四川少年儿童出版社，2025.5. -- ISBN 978-7-5728-2001-4

Ⅰ.I247.5

中国国家版本馆CIP数据核字第2025SS1890号

出 版 人　余　兰

策　　划　黄　政　谭　钟
责任编辑　黄　政　谭　钟
书籍设计　黄　政
封面设计　刘　亮
插　　图　杜燕桥
责任校对　王默志
责任印制　李　欣

HONGYINGQIANG

红 缨 枪

陈磊 著

出　　版	四川少年儿童出版社
地　　址	成都市锦江区三色路238号
网　　址	http://www.sccph.com.cn
网　　店	http://scsnetcbs.tmall.com
经　　销	新华书店
排　　版	喜唐平面设计工作室
印　　刷	成都市东辰印艺科技有限公司
成品尺寸	210mm×148mm
开　　本	32
印　　张	7.25
字　　数	145千
版　　次	2025年6月第1版
印　　次	2025年6月第1次印刷
书　　号	ISBN978-7-5728-2001-4
定　　价	35.00元

版权所有，翻印必究；未经许可，不得转载